KB262466

왜 산중에서 사냐고 묻거든

왜 산중에서 사냐고 묻거든

지은이_정찬주 | 그림_김양수 | 1판 1쇄 인쇄_2007년 6월 1일 | 1판 1쇄 발행_2007년 6월 8일 | 발행처_도서출판 비채 | 발행인_이영희 | 주소_서울특별시 종로구 경운동 89-4 운현궁 SK허브 B동 712호 | 등록_2005년 12월 15일(제101-86-20069호) | 주문 및 문의 전화_031)955-3220, 팩스_031)955-3111 | 편집부 전화_02)734-0022, 팩스_02)734-0221 | 전자우편_viche@viche.co.kr | ISBN 978-89-92036-34-4 03810 | 책값은 뒤표지에 있습니다.

왜 산중에서 사냐고 묻거든

정찬주 산문집

비채

산중에서 찾은 '나 안의 나'

올해는 첫번째 '차나들이'로 장성 축령산 산자락에 자리한 세심원洗心院으로 올라가 차 덖는 차꾼들을 만나 차를 한 잔 하고 돌아왔다. 세심원 주인인 변동해 선생이 덖는 야생차 이름은 문향文香이지만 나는 마음을 맑게 씻어주는 것 같은 느낌이 들어 세심청차洗心淸茶라고 생각하며 마셨다. 세심원의 차만 마음을 맑혀주는 것이 아니라 변 선생의 다담茶談도 듣는 동안 자못 쾌하였다.

"차나무에서 찻잎을 두 번 이상 따는 것은 잔인한 일입니다. 자연을 훼손하는 일입니다. 그래서 나는 차량茶量이 적더라도 한 번만 따고 맙니다. 두 번, 세 번 찻잎을 따는 것은 차나무를 괴롭히는 일일 뿐더러 인간의 욕심 그 이상도 이하도 아닙니다."

변 선생의 말은 세심원의 야성차처럼 탱글탱글하고 사납지만 차나무를 사랑하는 그 마음이 티단결처럼 곱기에 차맛을 더 깊게 느꼈는지도 모른다. 내 산방山房인 이불재로 돌아오는 길에도 차맛의 여운이 내내 목구멍을 간질이는 듯했다.

요즘 내 산방의 뜰에는 꽃들이 만개해 있다. 커다란 모란꽃은 지난 비바람에 졌고, 작약의 꽃봉오리가 막 터지려 하고 있으며, 해당화와 수국, 조팝나무 꽃들이 다투어 피어나 내게 달려들고 있다. 어느 순간에는 이 안락한 공간이 정녕 내가 머무는 산방인가 싶어 의아해질 때가 있을 정도이다.

서울 생활을 청산하고 내려온 지 올해로 5년이 됐다. 지인 중에는 내가 산중 생활을 접고 머잖아 귀경하고 말 것이라고 장담한 사람도 있었지만 나는 이 산중을 이제는 떠날 수 없을 것 같다. 산중 처소의 대나무사립문을 들어서면 무엇보다 산란했던 마음이 가라앉고 편안해져서 좋다.

나를 찾는 손님들은 산중 생활이 불편하고 외롭지 않느냐고 묻지만 내가 선택한 삶이기에 나는 산중의 불편함과 외로움조차 사랑할 수 있게 되었다. 이 책에서도 고백하고 있지만 어느새 불편함과 외로움이 나를 지탱하는 힘이 되었다.

산중의 삶은 도회지 근교의 전원 생활이 주는 낭만과는 거리가 멀다. 서울에서 승용차로 쉬지 않고 5시간은 족히 달려야 도달할 수 있는 거리이니 오지 중의 오지이다. 누구의 흉내도 내지 않고 나답게 살기 위해 나 자신을 가둔 곳이 바로 이 심심산 골이다. 누에가 명주실을 뽑기 위해 고치 속에 갇히듯 스스로 유배를 자청했다고나 할까. 수행자들이 무문관無門關에 드는 심정으로 나는 나 자신을 이 산중에 가두었던 것이다.

산중에서 살다 보니 도회지에서 속도에 휘둘리며 잃어버렸던 '나 안의 나'가 보였다. 나를 중심에 놓고 생각하는 소유지향적 인 삶을 반성하게 되었다. 밭농사를 지으면서 내가 이 세상의 유무정물과 한 몸으로 존재한다는 사실을 깨달았다. 이름 없는 작은 별들이 제자리에서 반짝이고 있으므로 캄캄한 밤하늘이 아름답다는 것도 발견했다. 여린 찻잎 하나에도 바람과 햇볕과 비와 흙과 사람의 수고가 스며 있음을 체험할 수 있었다.

이 책은 몇 년 전에 발간했던 《소박한 삶》의 원고에 그 책 이 후에 명상했던 글들을 덧붙인 산문집인데, 어마어마한 진리를 담고 있거나 심오한 철학의 세계로 안내하는 그런 심각한 차원 의 글들이 아니라는 것을 밝힌다.

세상으로부터 잊혀진 농부처럼 감자나 콩 농사를 지으면서 혹은 장작불에 고구마를 구워먹으면서 혹은 다람쥐나 뱀, 붓꽃, 원추리꽃 등등 자연과 조우하면서 내가 어떤 존재인지, 어떻게 사는 것이 온전한 삶인지를 내 나름대로 명상하고 사색한 글들 이므로 내가 누리는 산중 생활의 정복淨福을 독자와 함께 나눌 수 있다면 더 이상 바랄 것이 없을 듯싶다.

처음에 출판사에서 이 책의 제목을 '산중에서 살다' 라고 지어
왔을 때, 그것이 옹달샘의 물처럼 담백하기는 하지만 내가 '왜
산중에서 사냐고 묻거든' 이라고 바꾸자고 의견을 보낸 것은 바
로 위에서 얘기한 내 방식의 삶과 내가 나를 바라보는 모습들이
꾸밈없이 담겨 있기 때문이었다. 끝으로 이 책을 공들여 편집해
준 출판사 여러분과 특히 흔쾌하게 삽화를 그려 준, 나처럼 산
중에서 구도하는 마음으로 붓을 붙잡고 있는 김양수 화백에게
거듭 고마움과 감사를 전하고 싶다.

2007년 초여름 이불재에서

정찬주 합장

여름

밭은 결코 낭만적인 곳이 아니다

가을

잉걸불에 고구마를 구워 먹으며

겨울

산중에는 겨울에도 미소가 있네

봄

밭에 씨 뿌릴 날이 기다려지네

진리는 내가 날마다 밟고 지나가는 뜰에도 있다.

흙이 있으니 배추와 상추가 자라고, 배추와 상추가 있으니 흙이 살아나는 것이다.

햇볕이나 비나 바람 중에 어느 하나만 없다 해도 채소는 살아날 수 없을 터.

만물의 영장이라고 호기를 부리는 사람도 마찬가지다.

이 세상에 존재하는 모든 것들은 알게 모르게 서로 얽혀 있는 것이다.

깨달음이 있는 밭

골짜기에 버려져 있던 삼백 평이 좀 못 되는 큰 밭을 샀다. 밭을 얻게 된 사연은 이렇다.

원래 산중 처소 마당 앞에는 텃밭이 있었는데, 작년 가을 콩걷이가 끝나자마자 텃밭 한쪽에 연못을 파고 나니 배추 심을 터가 변변찮았다. 그렇다고 연못에 백련을 심어보고 싶은 나의 오랜 꿈을 더 이상 미룰 수는 없었다. 손바닥 만한 텃밭일지언정 영영 사라진다는 것은 아쉬운 일이었다.

산골로 이사하여 난생 처음 작은 텃밭에 콩이라는 이름의 식물을 늦봄에 심어 일곱 되씩이나 가을걷이하는 정복淨福을 누렸던 것이다. 아버지와 함께 대나무로 조개처럼 입을 꼭 다문 콩깍지를 두들겨 콩을 털고, 어머니가 그 콩을 삶아 메주를 쑤는

과정을 지켜보는 일도 우리네 삶의 제 모습을 발견하는 즐거운 일이었다.

사라진 텃밭을 대신하여 사게 된 큰 밭은 산골짜기에 묵어 있었다. 밭 주인이 서울로 이사하여 오랫동안 비워두었기 때문이었다. 밭 주인과 나는 서로 임무교대를 한 셈이었다. 처음에 밭은 토지 문서상으로 밭이지 덤불이 우거진 황무지나 다름없었다. 아름드리 은사시나무가 자라 있었고, 밭가를 따라 이십여 년 전에 심은 감나무는 칡과 가시넝쿨에 친친 감겨 있었다.

자기 질서를 지키지 않으면 머릿속에 온갖 망상과 번뇌가 들어차는 사람의 경우와도 다를 바 없었다. 굴착기로 밭의 모습을 되찾는 데 이틀이나 걸렸다. 감나무만 남겨놓고 십수 년간 무단 침입한 불법체류자들을 물리치고 나니 그제야 밭이 되살아났다.

밭은 연못보다 몇 배나 너른 땅이었고, 다가오는 해를 더 기다려지게 했다. 아버지는 더덕과 배추와 무를 먼저 말씀하셨고, 나그네는 상추와 쑥갓, 고추를 심자고 했다. 그 뒤로도 토란이나 우엉, 아욱, 부추, 방울토마토, 오이 등을 심자는 이야기가 나왔으나 그래도 밭은 우리 가족이 자급자족할 다른 채소를 더 키우고도 남을 것 같았다.

제 모습을 찾은 밭에 처음으로 이사 온 친구는 매화나무 묘목이었다. 매화나무 묘목을 이십 그루를 사와 두 그루는 마당 앞에, 세 그루는 뒷산에, 나머지 열다섯 그루는 밭가의 감나무 사이사이에 심었다. 서열을 매긴다면 무법자 같은 덤불의 위협을 십수 년 동안 경이롭게 견뎌낸 감나무가 대선배이고, 매화나무 어린 묘목은 까마득한 후배가 되었다.

매화나무 묘목을 심으면서 슬그머니 깨달은 것이 하나 있다. 언젠가 처소를 찾은 손님 한 명이 이왕 밭에 심으려면 큰 나무를 심어야 꽃도 빨리 보고 열매도 빨리 얻을 수 있지 않겠냐고 물었던 적이 있다. 내 마음은 손님과 조금 달랐다. 나도 꽃을 빨리 보고 싶지만 나무를 심는다는 것은 뒷사람을 위하는 일이기도 하다. 내가 심은 매화나무의 꽃을 보그 뒷사람이 어떤 마음의 정복을 누릴지 모른다. 그러니 내 소임은 거름을 듬뿍 주고 잘 키우는 일인 것이다.

몇 년이 지나면 나도 매화나무 꽃을 볼 수 있겠지만, 흘러간 세월을 나이테에 물고 묵묵하게 뿌리내린 고목의 매화를 감상하려면 수십 년 후가 될 터. 그때 나는 뜬구름 같은 이 세상을 떠난 후이리라.

엊그제는 퇴비를 사들여 밭에 두 군데로 나누어 놓았다. 쌍봉차밭 주인이 자신의 경운기로 마당까지 실어다 주어 힘을 덜 들였다. 퇴비 값도 농협 회원 자격으로 할인 혜택을 받았다. 아직 나는 회원이 아니지만 절골 마을에 사는 한 농부가 자신이 산 것처럼 거들어 주었기 때문이다. 퇴비를 많이 산 것은 밭에 듬뿍 뿌려주어 땅심을 길러주기 위해서다. 그래야 흙과 채소들이 서로 원만하게 상생의 주고받기를 할 것이기에.

진리는 내가 날마다 밟고 지나가는 밭에도 있다. 절집에서 말하는 연기緣起의 가르침이다. 흙이 있으니 배추와 상추가 자라고, 배추와 상추가 있으니 흙이 살아나는 것이다. 햇볕이나 비나 바람 중에 어느 하나만 없다 해도 채소는 살아날 수 없을 터. 만물의 영장이라고 호기를 부리는 사람도 마찬가지다. 이 세상에 존재하는 모든 것들은 알게 모르게 서로 얽혀 있는 것이다.

밭에 씨 뿌릴 날이 기다려진다. 올해는 밭에서 더 많은 시간을 보내며 그 속에서 삶의 순리를 찾고 자신을 되돌아보고 싶다.

소에게 품삯을 주다

어제는 밭에 쟁기질을 하는 날이었다. 아버지가 저잣거리로 나가시게 되어 내가 밭일을 거들었다. 자신이 없어 노련한 농부의 감독을 받았지만 나도 새벽 6시쯤브터 소 쟁기 뒤를 따라다니며 돌멩이나 잡초를 골라냈다.

소 쟁기는 증리에 사는 순종이라는 노총각이 잡았다. 순종이란 이름도 마을사람들에 그렇게 불려질 뿐 정확한 것인지는 모르겠다. 순종이는 마흔이 넘었는데 자신의 나이를 알지 못하는 농사꾼이다.

쟁기질을 꼭두새벽부터 하기 시작한 것은 순종이가 너무 일찍 소를 몰고 왔기 때문이다. 약삭빠른 사람이라면 절대로 어둑어둑한 새벽 6시에 오는 일은 없을 것이다. 어깨가 시려 잠자리에서 뒤척이고 있는데 누군가가 문을 두드리기에 나가 보니 순종이가 소를 몰고 와 있었다.

아침은? 하고 물으니 먹고 왔다기에 할 수 없이 눈을 비비며 밖으로 나갔다. 악의라고는 눈곱만큼도 없는 소의 커다란 눈은 순종이 마음 같았다. 순종이는 쟁기를 지게에 지고, 나는 소를 데리고 밭으로 갔다. 아니, 소를 데리고 갔다기보다 소가 앞장서서 나를 데리고 갔다. 소는 처음 길인데도 이미 쟁기질할 밭을 잘 알고 있는 듯했다.

얼마 전 우리 나라에 왔던 명상가이자 시인인 틱낫한 스님은 마치 소에게서 걸음걸이를 배운 듯했다. 소는 한 걸음 한 걸음 땅에 입맞춤하듯 뚜벅뚜벅 밭두둑을 걸었다. 텔레비전에서 본 적 있는 패션쇼 모델들의 이상한 걸음걸이하고는 차원이 달랐다. 어쩌면 비교한다는 것 자체가 소를 음해하는 일 같아 이만 삼가야겠다.

비를 맞은 지 오래된 밭이어서 소는 쟁기질을 힘들게 했다. 더구나 쟁기에 단 보습의 날이 무디어져서 소는 더 힘들어 했다. 가만히 보니 소만 힘든 게 아니었다.

순종이도 소의 수고를 덜어 주기 위해 쟁기를 용쓰며 밀었다. 소나 순종이나 서너 고랑을 갈고는 힘겨워서 휴식을 취하곤 했다. 그때마다 순종이는 소에게 다가가 소의 목덜미를 쓰다듬어 주거나 상처 난 데 연고를 바르는 것처럼 자신의 침을 발라 주곤

했다.

한 농부가 농막에서 내려와 두어 고랑을 갈아 주고는 돌아갔다. 도회지 사람들은 자기 일만 하지만 이곳 사람들은 그렇지 않다. 밭을 갈 때 한두 고랑 갈아 주는 게 인사다. 그럴 시간이 없을 때는 우스갯소리라도 한두 마디 던져 너털웃음을 짓게 하고는 지나쳐간다. 가진 것이 많지 않은 산중 사람들의 순박한 인심이다.

쟁기질은 새벽부터 일찍 시작한 탓에 오전 중에 일이 끝났다. 새벽잠을 설쳤지만 오후에는 글을 쓸 수 있으니 순종이의 부지런함이 고맙기만 했다. 나는 쟁기질의 품삯을 한 농부에게 자문하여 동네의 관례대로 순종이의 손에 쥐어 주었다.

그런데 순종이가 마당을 나서는 순간 뭔가 빠뜨린 것같이 허전했다. 가만히 생각해 보니 소도 일을 했으니 품삯을 주어야 할 것 같았다. 나는 순종이를 불러 세우고는 말했다.

"보습 날이 무디니 소가 더 힘들어 하는 것 같다. 이 돈으로 새 보습을 사거라."

내가 생각해 낸 소의 품삯이었다. 순종이는 좀 전에 자신이 일한 품삯을 받을 때보다 더 좋아했다. 싱글벙글 웃으며 허리를 90도로 꾸벅 굽혀 인사를 하고는 돌아갔다.

"형님, 일 있으면 또 불러 주셔요."

이래저래 기분 좋은 하루가 지나가고 있다. 연못에 오른 갈색의 수련 잎에도 차츰 초록 빛깔이 퍼져 가고 있다. 무당개구리 한 마리가 수련 잎에 앉아서 졸고 있는 오후이다.

뒷산에 더덕을 심은 뜻은?

산중 처소는 골짜기에 자리 잡은 탓에 바람이 세다. 잠결에도 바람의 발자국 소리를 듣는다. 풍경소리가 풍속계처럼 바람의 속도를 느끼게 해주는 것이다. 아침에 일어나 집 둘레를 돌아보니 뒷마당 축대 위에 자두나무 붉은 꽃망울이 눈물처럼 여기저기 떨어져 있다. 꽃보다 앙증맞고 더 귀여운 꽃망울이 바람을 견디지 못하고 낙화한 것이다.

앞마당 가에 몸이 허약해서 버팀대에 의지해 있던 목련도 가지 하나가 부러져 있다. 꽃눈과 잎눈이 한두 개씩 붙어 있는데 꽃과 싹을 틔워 보지도 못하고 눈을 감고 있는 게 안쓰럽다. 지난겨울 추위에 몸살을 앓던 동백나무의 잎들도 바람을 견디지 못하고 연못에 몇 잎 떠 있다.

내몽고에서 창궐한 황사 바람이란다. 지금도 바람이 세게 불고 있다. 밭에 나가 할 일이 많은데, 허공이 삼베처럼 누렇다. 고종사촌누나에게 한 아름 얻어온 더덕 뿌리도 묻고, 작년 늦가을에 수확한 땅콩도 심을 계획이나 누런 허공을 보니 일할 엄두가 나지 않는다. 그렇다고 밭일을 서두를 생각은 없다. 나는 초보 농사꾼이어서 농사일에 관한 한 면책특권이 있고, 급한 성격을 고치는 데는 뭐니 뭐니 해도 쉬엄쉬엄 일하는 게 좋으리라. 골짜기의 밭과 나는 능률이나 경제법칙을 적용하지 않기로 이미 약정을 맺은 바 있으니 적어도 여기 채소들은 인간의 돈과 수확량에서 해방되어 있는 셈이다.

어제 오후도 비가 내려 반나절 쉬었다. 초보자라 한나절만 일을 해도 힘이 들어 현기증이 날 정도다. 어제 아침에 상추와 시금치, 쑥갓과 아욱, 열무를 심고 또 씨감자 눈을 일일이 떼어내 두 이랑 묻고 나자 점심때가 되었다.

다행히 비가 왔으니 망정이지 오후까지 일했으면 초주검이 되고 말았을 터. 자신도 모르게 비를 감상하는 태도가 서울에서 살 때와 아주 많이 달라진 느낌이다. 비록 산성비일 망정 서울에서는 내리는 비를 보고 문득 낭만과 우수를 느끼곤 했는데, 여기서는 다르다.

땅이나 나무나 풀들은 비를 맞으며 갈증을 풀고, 농사꾼은 비 오는 동안 휴식을 취하며 힘을 재충전한다. 낭만이 사라졌다고 내 마음이 결코 삭막해진 것은 아니다. 자연을 있는 그대로 바라보니 '나'를 중심으로 세상을 바라보지 않게 되었고, 자연의 일부가 되어 역지사지 서로 입장을 바꾸어 생각하니 이런저런 인연이 고맙기만 하다. 휴식하라고 비가 내렸으니 어찌 하늘에 감사하지 않을 수 있겠는가.

황사 현상을 고맙다고 하면 내게 실망할 사람이 있을 줄 안다. 그러나 나는 황사 바람이 불어와 이렇게 빈둥거리며 유유자적하고 있다. 쉬면서 느긋하게 집 둘레를 돌면서 얼굴을 내민 새싹들을 마치 선생님이 출석부를 들고 학생들을 호명하듯 살펴본다. 작년 6월 장마 중 산 개울가에서 옮겨온 붓꽃과 원추리의 싹이 파랗다. 붓꽃 싹은 열한 촉이고, 원추리는 두 촉밖에 되지 않지만 녀석들은 과연 본성대로 여러해살이답다. 가랑비 오는 날 꽃이 핀 상태에서 옮겨 심었는데, 앞마당 뜰이 환해졌던 것으로 기억된다. 놀랍게도 한 시간도 못 되어 나비들이 날아오는 것을 보고 '아, 벌 나비에게는 저 꽃 핀 뜰이 바로 홍등가로구나' 하고 혼자말로 중얼거린 적이 있다.

점심을 먹고 나서는 밭일은 미루더라도 처소 뒷산에 더덕 뿌리를 심을 생각이다. 호미와 괭이를 창고 연장통에서 챙기고 있는데 서울에서 전화가 걸려온다. 예상대로 원고 독촉 전화이다. 나는 더덕 심을 산자락을 바라보며 전화를 받는다. 서울 전화가 '산에 웬 더덕?' 하고 놀란다.

"산신령 드시라고 심습니다."

밭에 심을 더덕은 먹기 위해서고, 산에 심을 더덕은 향기를 맡기 위해서다. 나에게는 산에 심는 더덕이 더 마음에 당긴다. 달밤에 뜰을 거닐며 더덕 향기를 맡는다! 생각으로도 흐뭇하다.

"선생님, 그럼 이번 호엔 더덕 애기 쓰시면 되겠네요."

봄바람에 막 피기 시작한 붉은 진달래꽃들이 나와 같이 고개를 끄덕인다.

방에 걸어 둔 호미

내가 살고 있는 산골짜기에도 겨울이 주춤거리며 물러가고 있다. 아쉬운 듯 발걸음을 멈칫거리기도 하지만 오는 봄에게 선선히 제자리를 내주고 있다. 저잣거리의 눈물 나는 소식까지 겹쳐 참으로 길고 혹독했던 겨울이었다.

봄은 남풍을 따라 남쪽에서 온다지만 올해 나의 봄은 추운 북쪽에서 먼저 왔다. 서울에서 부대끼며 사는 한 후배가 서경덕의 옛 한시 〈봄날〉을 보내 주었기 때문이다. 내 가슴은 〈봄날〉이란 시 한 편으로 촉촉해졌다. 책상 위에 두고 날마다 한두 번씩 보곤 했는데, 내 마음은 그때마다 봄 햇살을 받은 듯 따뜻해졌다.

성곽 밖이라 때 묻힐 일 없고

창에 산빛 짙어 늦게 일어나네
봄 마중하러 시냇가 거닐면서
예쁜 꽃가지 꺾어 눈에 담네
郭外無塵事
山窓睡起遲
探春行澗壑
看取好花枝

서울 생활에 휘둘려 사는 후배는 산중에 사는 제 모습을 떠올리며 이 시를 보냈다고 한다. 시의 내용으로 보자면 대충은 맞다. 산중에서는 창에 햇볕이 느리게 들어 늦잠을 자기에 좋다. 더구나 성곽(저잣거리)에 살지 않으니 시비에 휘말려 때를 묻힐 일도 없다. 졸음을 쫓느라고 산책하면서 봄에 가장 먼저 노랗게 피는 산수유나 산동백을 한 가지 꺾어 와 방 안의 화병에 꽂기도 한다.

그렇다고 산중 생활이 유유자적한 것만은 아니다. 그런 낭만을 누리기 위해 산중에 들어온 것도 아니고, 저잣거리가 싫어서 산중에 은둔해 있는 것도 아니다. 초로가 지난 내 인생을 더욱 온전하게 연소하고 싶어 가족과 멀리 떨어져 살고 있다.

나 역시 힘든 이들과 이 땅에서 함께 흐흡하고 있는 동시대인이다. 저잣거리의 사람들이 가슴시리고 고달픈데 어찌 깊은 산중이라고 해서 마음이 편하겠는가. 일찍이 인도의 유마 거사는 '이웃이 아프기 때문에 나도 아프다'라는 큰 사랑의 말을 남겼다. 서로가 남남인 것 같지만 실제로는 모두가 한 뿌리라는 자비의 말씀이다. 어려워진 이웃을 볼 때 저절로 측은한 마음이 생기는 것은 그러한 이치이다.

지난겨울에는 저잣거리의 소식을 듣고는 밥이 넘어가지 않은 때도 많았다. 부모 사업이 부도나 휴학 중이던 여대생이 아르바이트 자리마저 잃고 배가 너무 고파 가게에서 먹을 것을 훔쳤다는 비통한 소식도 들려왔다. 여대생이 내 딸 또래였기에 더욱 가슴이 시렸을 것이다.

내가 쓰고 있는 글에 대해서 가만히 반성해 보았다. 삶이 고달픈, 도무지 희망이 보이지 않는 저잣거리의 사람들에게 정말 위로가 되고 위안이 되는 글일까 하고 말이다. 결론은 이 산중에서 더욱 치열하게 살아야만 죄를 더 짓지 않는 것이라는 깨달음이 들었다.

지금 내 방에는 호미 한 자루가 걸려 있다. 산중 처소를 찾은 손님들은 창고에 있어야 할 호미가 방에 있는 것을 보고 의아해한다. 이 호미는 올 한 해 동안 나를 시도 때도 없이 감시할 것이다. 산골 마을의 농부들이 일할 때 호미는 '너는 지금 무엇을 하고 있느냐'라고 내게 물음을 던질 것이다.

올 한 해는 방에 걸어둔 호미를 스승 삼아 농부들이 말없이 논밭을 갈 듯 글밭을 게으름 피우지 않고 일구려고 한다. 가슴 아픈 사람들의 눈물을 닦아 주고 웃게 하는 그런 글이 참된 글이라고 늘 다짐하려 한다.

햇살이 너무 좋아 감사할 따름이다. 응달에는 잔설이 아직 남아 있지만 바위 틈새에서는 수선화가 잎을 피워 올리고 있다. 철쭉도 불그죽죽하게 죽어 있는 것 같지만 가지에는 이미 푸른 물이 돈다. 혹독한 겨울을 견디어 낸 수선화이고 철쭉이기에 더욱 간절하게 꽃을 드러낼 것이다. 그것이 바로 자연의 섭리라는 것을 또다시 깨닫지 않을 수 없다.

삼수생 손님

내 산중 처소에 머물다 간 손님 중에는 삼수생도 있다. 웃음이 헤플 만큼 많은 성호라는 아이다. 녀석은 나와 절친하게 지내는 대학 동문의 외아들로 대입에 거듭 실패하여 또 재수를 하였으니 삼수를 한 셈이다.

성호는 내 처소에서 봄 동안만 스스로 공부하고 여름 이후부터는 학원을 나가면서 종합 정리할 생각으로 내려왔다. 진학의 실패로 의기소침해진 성호를 볼 때마다 안타깝기만 했다.

자동차에 대한 해박한 성호의 지식은 누구라도 혀를 내두르게 했다. 성호는 자동차 잡지에 소개되는 기사 문장의 조사까지 전부 암기할 정도였다. 밤중에 멀리서 달려오는 자동차의 엔진 소리나 헤드라이트 불빛만 보고서도 차종을 알아맞히는 신기에 가까운 재주를 가지고 있었던 것이다. 성호의 꿈은 자동차 광고의 카피라이터. 그런데 문제는 가고자 하는 대학의 문이 너무 좁다는 데 있었다.

나는 지금도 장담할 수 있다. 성호만큼 자동차의 역사와 제원을 꿰뚫고 있는 학생은 아마도 우리나라에 없을 것이라고. 국, 영, 수 실력이 덫이 되어 녀석의 천부적인 재주가 발휘되지 못하는 현실이 야속하기조차 하다.

성호가 내 처소에 도착했을 때 나는 힘겨운 대학입시에 재도전하게 될 성호를 위해 무엇을 도와줄 것인지 생각했다. 결론은 성호에게 '나도 할 수 있다'는 용기를 심어주는 일이었다.

그러나 용기는 말로만 불어넣어지는 것은 아닐 터였다. 자기 질서를 지키며 무엇을 하든지 자신감을 회복하는 일이 무엇보다 중요했다. 땅에서 쓰러진 자 땅을 짚고 일어나라는 금언처럼 스스로 문제를 해결하게끔 도와주는 일이 필요했다.

나는 먼저 성호의 동의 아래 일과표를 짰다. 주요 일과는 이러했다. 새벽 5시에 일어나 아래 절에 가서 108배를 하고, 점심 후에는 노동을 하고, 나머지 시간에는 명상이나 독서를 하고 밤 10시에 취침하는 것이었다.

특히 성호와 나는 식사를 하고 절대로 드러눕지 않기로 했다. 졸리면 밖으로 나가 돌멩이를 들고 이쪽에서 저쪽으로 날랐다. 무의미한 것 같던 돌멩이의 운반은 나중에 멋들어진 연못의 축대가 되었다.

마음이 흔들릴 때마다 반드시 '나는 지금 무엇을 하고 있는가' 하고 자신을 살펴보기로 했다. 그러다 보면 산만한 마음이 보였다. 흙탕물을 가만히 두면 흙과 물이 분리되는 것처럼 산란한 마음을 관觀하면 본래의 마음이 제자리를 찾았다.

우리는 새벽마다 아래 절로 내려가 차가운 법당 마룻바닥에서 108배를 했다. 새벽잠이 많은 성호에게 미안하긴 하지만 일과표는 지켜져야 했다.

"성철 스님이 말씀했다. 중은 세상 사람들의 업을 씻고자 108배를 하고, 세상 사람들은 자신의 업을 씻고자 108배를 하는 것이라고. 너도 네 자신에게 지은 업이 많을 것이다. 자신에게 한 약속을 지키지 않은 죄부터 생각해 봐라."

성호는 저잣거리에서 이해하지 못했던 질문도 했다.

"불상을 섬기는 것은 우상이 아닙니까?"

"아니다. 너나 나나 가장 순수한 상태로 돌아갈 때의 형상이 불상이다. 미소짓는 형상이거든. 가장 순수한 상태를 불성佛性이라고 하지. 다른 종교에서는 영성靈性이라 하고. 그러니까 부처에게 절하는 것은 본래의 나로 돌아가는 연습이지."

그런데 성호는 사흘째부터 108배를 할 수 없게 되었다. 허벅지의 근육에 통증이 왔고, 발톱이 살을 파고들었다. 그럼에도 불구하고 성호의 눈빛을 보니 계속 하겠다는 의지가 느껴졌다.

그래서 나는 성호에게 108배 대신에 9배만 시켰다. 물론 나도 똑같이 9배를 했다. 단 1배를 하더라도 마음이 간절하면 108배도 되고, 3천 배도 되는 이치였다.

서울로 돌아가면서 성호가 내게 말했다.

"이불재 아저씨. 하루가 이렇게 소중한 줄 몰랐어요. 다시 공부를 하든 뭐를 하든 자신이 생겼어요. 제가 개집을 만들었잖아요. 태어나서 무엇을 제 손으로 완성시켜 본 것은 처음이에요. 새벽마다 한 108배도 나를 돌아보는 계기가 됐어요."

나는 지금도 성호를 생각하던 안타깝기도 하지만 마음이 흐뭇해진다. 성호와 함께 한 날들이 그리워지는 것이다. 그러고 보면 성호는 내 처소를 왔다간 손님 중에 가장 기억에 남는 손님들 중의 한 사람이 될 것 같다. 작년 가을이던가. 햇살이 낙엽처럼 뒹구는 날 나는 성호가 만든 개집을 오래도록 기념하기 위해 노란색 페인트를 구해 와 단청을 했다.

성호야 지금 뭐하니? 노랗게 단청한 개집을 구경하러 오지 않으련. 마음이 흔들릴 때면 언제든지 내려오너라.

농부는 무엇으로 사는가

아침에는 서원터에 사는 구씨 어른에게 부탁했던 고추 모종을 150모 가져왔다. 한 모에 백 원이라니, 세상의 생명 있는 것들에게 미안한 마음이 들었다. 아래 절 입구에 설치된 자판기의 커피 한 잔 값도 3백 원이나 되니 말이다. 흙 묻은 옷에 늘 빛바랜 모자를 쓰고 다니는 구씨 노인을 나는 누구보다도 좋아한다. 입가에 미소를 달고 논밭에서 묵묵히 일하는 구씨 어른의 태도야말로 내가 소망하는 삶의 구경究竟이다. 한 번도 글을 배운 적이 없지만 수행자나 철학자가 무색할 정도로 순리대로 욕심 없이 곱게 사시는 분이기 때문이다.

점심 후에는 아래 절로 내려가 송광사에서 오신 스님 두 분과 차를 마셨다. 한 분은 출가 이후 줄곧 참선수행만 하신 스님이

고, 또 한 분은 손수 차를 덖어 마시는 제다製茶 경력이 30여 년
된 스님이었다. 나는 솔직히 비싼 차 값에 놀라서 차 마시는 일
이 호사가 아닌가 하여 회의가 일고 있던 중이었는데 스님의 차
이야기는 오묘했다. 좋은 차 향기로 삼매에 든 적이 있다는 참
선하는 스님의 맞장구도 차에 대한 이해를 높여 주었다. 차나무
의 사정을 생각지 않고 욕심 내어 생산량에 신경 쓰면 절대로 좋
은 차가 나올 수 없다니, 무소유의 지혜가 거기에도 있었다.

차나무에서 찻잎을 일년에 단 한번만 따 자족할 양만 만든다
는 스님은 차 보관 방법으로 지난날 냉장고 대용으로 사용했던
스티로폼 박스를 권했다. 열을 차단해 주므로 차의 품질을 효과
적으로 보존할 수 있다는 것이었다. 일본인 다도 고수들이 제다
법을 물어왔을 때 '옛 어른들이 하는 대로 따라 했을 뿐' 이라는
스님의 전언도 옛길을 버리고 자꾸 새 길로 빨리 가려는 시대인
지라 새겨들을 만했다.

오후 4시가 넘어서는 나를 동생처럼 아끼는 한 농부에게 찰옥
수수 씨를 구하러 갔다. 오랜만에 갔더니 그는 논에 볍씨를 뿌
리다 말고 할 얘기가 많은 듯 나를 마루에 앉혀 놓고 일어서지를
않았다.

"옥수수 씨를 한 곳에 두세 개씩 뿌리소. 눈 밝은 꿩이나 산비
둘기가 주워 먹으니 그 정도는 뿌려야 나중에 자네도 옥수수 맛
을 볼 것이네. 그건 그렇고 자네 휴경지가 뭔지 아는가?"

그의 얘기를 듣고 있자니 나는 진짜 농부가 아니라는 생각이 들었다. 나에게는 농부들과 함께 앓는 아픔과 고민이 없었기 때문이다. 하긴 나는 귀농한 사람도 아니고, 생태계 복원을 외치는 환경운동가도 아니다. 그저 산중에 있는 듯 없는 듯 잊혀져 살면서 '자연스러운 삶'을 좇아 살고자 하는 그런 사람일 뿐이다.

농부는 한탄을 했다. 올해부터는 휴경한 논에 대해서 얼마의 돈을 정부에서 보상해 주는 모양이었다. 그런데 농부는 그것이 잘못됐다고 한다. 멀쩡한 논을 휴경한 농부에게 보상금을 줄 게 아니라 비료를 적게 사용하는 농부에게 줄어든 수확량만큼 벌충해 주는 식의 보조금 지급이 바람직하다는 것이다. 어느 마을 사람들은 농사짓기 수월한 마당 앞 논까지 죄다 휴경답으로 신청했다니 땅을 일구어 물려준 조상에게 부끄러운 일이다.

농사를 짓지 않게 유도하는 게 과연 최선의 정책인지 의문이 든다. 농부는 곶감 빼먹듯 보상금 받아먹는 재미에 빠져 있다가 몇 년 후에는 농촌의 모든 논들이 병충해 들끓는 황무지가 되지 않을까 걱정이 태산이다. 옥수수 씨를 받아 돌아오는 내 맘도 우울하기만 하다. 처소로 돌아온 나는 기분 전환도 할 겸 아버지가 저잣거리에서 구해 온 깻묵 덩어리를 으깨서 새잎을 피워 내느라 고생한 어린 단감나무와 모란꽃 둘레에 서둘러 묻어 준다. 그러면서도 농부들을 살맛 나게 해줄 깻묵 덩어리 같은 정책은 없는지 상념에 잠겨 본다.

　뒷산 참나무 숲속에서 소쩍새가 소쩍소쩍 피를 토하듯 울고
있다. 석양 무렵에 소쩍새의 통절한 울음소리를 듣기는 처음
이다.

봄은 가지마다 무르익었네

며칠 전 내 처소를 찾아온 손님이 떠오른다. 서울에서 태어나 외지로 벗어나 본 적이 없는 손님은 방에서 이야기를 나누다 말고 고개를 갸웃거렸다. 마침 계곡을 따라 봄바람이 지나가는지 처마 밑에 달린 풍경이 뎅그렁뎅그렁 정겨운 소리를 떨어뜨리고 있었다. 손님은 자신이 지금 산중에 있다는 사실을 잠시 잊고 말했다.

"두부장수가 왔나 봅니다."

나는 두부장수의 방울소리가 아니라 풍경소리라고 대답해 주고는 웃었다. 손님도 무안해 하며 천진한 표정을 지었다. 도시에서만 살아온 사람은 그럴 수 있겠다는 생각이 든다. 어려운 시절 두부를 먹기도 힘들었던 그때, 이따금 골목을 지나가는 두

부장수의 방울소리처럼 반갑고 정겨운 소리도 없었으니까. 그 소리는 골목 끝에서 다가왔다가는 발자국 같은 허기를 남겨 놓고 멀리 사라지곤 했다.

오늘은 아래 절에서 풍경소리를 듣는다. 이 절에는 웬일인지 풍경이 하나도 없기 때문에 풍경소리는 내 처소에서 들려오는 것이 분명하다. 그것은 아래 절에 계시는 부처님에게 내가 올리는 유일한 '공양'인 셈이다. 이럴 때 내 산중 처소는 믿음이 깊은 신자와 같다. 법당 안에 홀로 계신 부처님이 외로워할까 봐 풍경으로 맑은 '소리 공양'을 올리고 있는 것이다. 눈에 보이지는 않지만 하늘나라의 비천飛天이 바람을 타고 옷자락 날리며 작은 그릇에 풍경소리를 맑은 차 한 잔 올리듯 담아온다고 상상해 본다.

내 처소가 절에 풍경소리를 보내듯 절은 또 내가 사는 처소에 여러 가지 소리를 선사한다. 나는 절에서 들려오는 새벽 범종소리에 잠에서 깨어나고, 아침 목탁소리에는 산란한 마음을 정갈하게 가다듬으며, 저녁 범종소리에는 두서없이 지나간 하루 시간을 참회하고 마음을 새로이 다잡는다.

그들 말고도 아래 절에는 나 혼자 몰래 듣는 소리가 있다. 바로 철감 선사 돌탑에 새겨진 장구 가락이 그것이다. 날개 달린 천인이 장구를 연주하면, 나는 가끔 지그시 눈을 감은 채 그 가락을 듣는다. 돌탑이 만들어진 지 천 년도 넘었으니 장구 소리

도 천 년 동안 이어지고 있다. 천 년의 가락이니 깊이를 헤아릴 수 없는 미묘한 선율이 아닐 수 없다. 그러고 보니 아래 절과 내 처소는 맑은 소리를 가지고 서로 품앗이를 하고 있다.

봄볕이 꽃비인 양 돌탑 주위에 쏟아지고 있다. 천년의 장구 가락에 나는 절로 흥이 난다. 행복이란 봄이 어디에 있는지를 가리켜주는 선시 한 수가 절로 흥얼거려진다. 자신의 신분을 철저히 숨기고 산 중국의 어느 비구니가 남긴 오도시다.

봄 찾아 이 산 저 산 헤매다

허탕 치고 집에 돌아와

뒤뜰 매화 가지 휘어잡아 향기 맡으니

봄은 벌써 가지마다 무르익었네.

盡日尋春不見春

芒鞋踏遍隴頭雲

歸來笑拈梅花嗅

春在枝頭已十分

봄을 찾으러 산을 헤매는 것은 어리석은 짓이다. 내 마음속 매화 가지에는 이미 꽃이 피어 있다.

이불재 이야기

아래 절에 온 사람들이 가끔 내 산중 처소를 보고서 암자냐고 묻는다고 한다. 어떤 시골 할머니는 내 처소를 향해서 합장하기도 하는 모양이다. 겉모양만 보면 그럴 만도 하다. 멀리서 보면 암자처럼 맞배지붕에다 후덕한 느낌을 주려고 정사각형에 가깝게 지은 스무 평 규모의 작은 집이기 때문이다.

아래 절에 온 할머니가 합장을 한다는 얘기를 불일암 스님께 들려 드렸더니 스님은 웃으며 이렇게 말씀하셨다.

"좋은 글을 쓰라고 절하는 거라 생각하시오."

듣기 좋은 덕담이었지만 속으로는 뜨끔했다. 좋은 글을 쓰지 못한다면 이제부터는 그 시골 할머니에 대한 배은망덕인 것이다.

암자를 찾아다닌 지도 어느새 7년이 넘었다. 지금도 어느 월

간지에 연재하고 있으니 암자를 찾는 기행은 선재동자가 선지식을 찾듯 계속 이어지고 있는 셈이다. 글은 머무는 처소를 떠나 길 위에서 명상하며 메모하는 것들이 대부분이다. 나이 쉰이 넘자 오래된 소망 하나를 마냥 뒤로 미룰 수는 없었다. 이제부터는 산중에 처소를 마련하여 잘 익은 글을 쓰고 싶은 것이었다. 아무튼 그리하여 이태 전 남도 산중에 이불재라는 작은 집을 짓고 초보자 농사꾼으로 들어앉게 되었던 것이다.

그런데 집이란 덜렁 지어 놓고 나면 그만인 게 아님을 차츰 깨달았다. 등산을 하거나 약초를 캐는 사람들이 꼭 집 안을 기웃거리며 지나가곤 했다. 도시 생활에 익숙한 나로서는 그런 눈초리가 이상했으나 차츰 내 처소를 무심코 구경하면서 지나간다는 것임을 알았다.

'아, 집이란 소유를 떠나 다같이 눈을 즐겁게 하는 공간이기도 하구나.'

나도 옛 선비들이 지은 집이나 누각, 정자 등을 구경 삼아 다녀온 경험이 많다. 낭만과 품격이 있는 집은 둘레의 자연과 사람을 배려한 흔적이 역력했다. 담양의 소쇄원도 마찬가지였다. 담에도 글씨가 새겨져 있어서 도둑을 염려해서 쌓은 게 아니라 낭만의 연장이었다. 우리처럼 소유를 구분하는 경계의 벽도 아니었다.

봄볕과 더불어 일손도 바쁘다. 밭을 일구고 집안에 나무를 심

고 나면 시간이 금세 지나간다. 어제는 아버지가 심은 자목련 한 그루를 집 뒤로 옮겨 심었다. 위봉사에서 가져온 철쭉들은 작은 화단으로 다시 옮겼다. 작년 이맘때 마당가에 빙 둘러 심은 오죽은 올 한 해 동안 키가 부쩍 자랄 것이다. 오죽이 크면 대숲을 이루어 담 역할을 할 것이고, 겨울에는 댓잎에 떨어지는 싸락눈 소리가 정겨울 것만 같다.

세월이 흘러 누군가가 내 처소의 풍광을 보고서 기웃거린다면 나는 기꺼이 차를 한 잔 대접할 생각이다. 그러고 나서 나는 길손에게 권할 것이다. 내려갈 때는 대숲의 바람소리와 꽃향기까지 가져가라고. 아래 절의 문이 열려 있듯 내 처소의 문도 늘 열어 둘 참이다. 법당에서 안락과 휴식을 얻듯 내 처소에서는 낭만과 자연을 느끼라고.

바람이 산들산들 분다. 골짜기 아래서 불어오는 바람이다. 풍경소리가 한가롭게 들린다. 바람에 천리향 향기가 실려 코끝을 스치는 봄날 아침이다.

사람을 진정 그리워하리

오랜만에 떠난 여행에서 돌아와 산중 처소를 둘러보고 있다. 쟁기질한 밭에 뿌린 씨앗들을 맨 먼저 점검해 본다. 씨앗이 싹 트는 순간을 기다리는 일은 가슴을 졸이게 한다. 콩은 드문드문 힘겹게 싹을 틔우고 있고, 들깨 싹은 하나도 보이지 않는다. 새들이 나 없는 사이에 날아와 크게 회식을 벌인 듯하다. 그러나 새들이 그리 밉지는 않다. 지난번에 뿌리고 남은 들깨 씨가 더 있으니까. 창고에는 농협에서 사들인 일곱 포대의 비료가 별일 없다는 표정으로 포개져 있다.

여행은 때때로 나를 비춰 보게 하는 거울이 된다. 산중에 묻혀 있다 보면 나라는 존재를 잊어 버리게 되는데, 여행은 나를 살펴보게 한다. 이번에 다녀온 곳은 한라산 중턱에 자리한 남국

선원이라는 절이었다. 그곳의 선원장 혜국 스님을 뵙고 돌아왔다. 잘 사는 수행자의 모습을 보면 좋은 책 몇 권을 읽은 것보다 울림이 더 오래간다.

스님이 그곳에 선방을 짓게 된 사연은 성철 스님의 권유에 의해서였다. 스님은 절터를 잡으려고 제주도 일주 도로를 돌다가 서귀포 시가지가 내려다보이는 한라산 중턱에 눈길을 멈추었다. 그곳은 목장이었는데 팔려고 내놓은 지 2년이 된 땅이었다. 스님은 땅 주인이 달라는 값보다 더 주겠다고 우겨서 샀다. 절이 들어설 땅이므로 소중하게 인연 맺고 싶어서였다.

그곳의 선방은 두 가지 방식으로 운영되고 있었다. 안거가 있는 선방과 한번 들어가면 나올 수 없는 무문관無門關이 그것이었다. 무문관 선방에는 하루 한 끼만 출입구로 들여 보내졌다. 들이민 식기가 나오지 않으면 삼매에 들었거나 육신에 이상이 생겼거나 둘 중에 하나라고 한다.

치열한 무문관 선방도 새소리와 꽃향기는 막을 수 없나 보다. 새소리를 듣고, 혹은 꽃향기를 맡으며 가는 세월을 짐작한다고 하니 말이다. 머슴새가 삐이삐이 울면 1월이고, 밀화부리와 꾀꼬리가 울면 5월이란다. 목련꽃은 4월에, 찔레꽃은 5월에 향기를 보낸단다.

무문관 독방에 갇혀 있다 보면 무엇보다도 사람이 가장 그리우리라. 깨치지 못해 불佛을 이루지 못한다 하더라도 사람이 소중하다는 것을 체험하는 일만으로도 무문관 수행은 덜 여문 정신을 크게 성숙시키지 않을까 싶다.

혜국 스님이 들려주었던 태백산 도솔암의 장좌불와 고행은 내 산중 처소의 가벼운 삶을 부끄럽게 한다. 장좌불와란 눕지 않고 정진하는 고행을 말한다. 스님은 한 달에 한 번 정도 사람의 그림자를 볼까 말까 한 깊은 산중의 도솔암에서 무려 2년 7개월 동안 장좌불와 수행을 했다고 한다. 그 기간에 가장 견디기 힘든 것은 끝없이 밀려드는 잠과 사람에 대한 무한대의 그리움이었다고.

스님의 멧돼지 애기가 가슴을 적셨다. 하루는 먹을 콩과 바꾸려고 약초를 캐어 산길을 내려가는데 멧돼지가 쇠줄로 만든 덫에 걸려 있더라는 것. 그래서 암자로 다시 올라가 도끼를 가져와 쇠줄을 끊어 주었단다. 그런데 어느 날 멧돼지 무리와 산길에서 맞닥뜨렸는데, 이제 죽었구나 하고 삿갓을 벗어 던지고 눈을 감으려는 순간 지난날 구해준 멧돼지가 무리를 이끌고 산 위로 뛰어가는 바람에 살았다는 것.

다람쥐 이야기도 잊혀지지 않는다. 다람쥐가 양배추를 야금야금 먹어치워 하루는 양배추 밭 주위에 그물을 쳐두었는데, 그래도 다람쥐가 들어와 스님을 실망시켰다. 그래서 스님은 다람쥐 세 마리를 잡아 목과 머리에 먹물을 칠하고는 영주장을 보러 가는 길에 바랑에 넣고 데리고 가다 암자에서 백 리쯤 떨어진 춘

양에서 놓아주었다. 그런데 장을 보고 암자를 들어서려는데 머리에 먹물이 찍힌 다람쥐들이 스님을 반기더라는 것. 이후 스님은 다람쥐에게 다시는 그렇게 하지 않겠다고 사과하고 암자에서 함께 살았다는 것이다.

그리움에 목이 타 본 이만이 생명을 소중하게 여길 것 같다. 말 못하는 다람쥐에게 사과할 만큼 생명에 대한 경외가 깊을 것 같다. 산중에 살면서도 사람에 대한 그리움을 잊고 사는 내가 아닌지 묻지 않을 수 없다. 내 산중 처소를 단 몇 달만이라도 무문관 선방으로 정해 수행하고 싶다. 나는 괴팍해지는 것이 싫다.

이팝나무 꽃을 기다리며

절이야말로 꽃이 피고 지는 화원이다. 절의 건물만 해도 그렇다. 법당 안은 물론이고 추녀 밑에 장식한 포만 해도 연꽃을 표현하고 있다. 맨 위 포는 봉황의 머리를 상징하고 있고, 그 밑으로는 연꽃 봉오리로 시작해서 맨 아래 포는 활짝 개화한 연꽃이 조각되어 있다.

나는 절 뜨락에 자라는 생명 있는 꽃들에게 더 눈길을 준다. 사철마다 피는 꽃이 다르니 스님과 나누는 대화도 그만큼 다양해진다. 꽃을 얻어다 이불재에 심기도 하는데, 작약꽃 아홉 뿌리를 스님이 캐주시어 단풍나무 아래와 감나무 옆에 심었고, 어제는 향기가 멀리 간다는 천리향을 한 그루 옮겨가라는 것을 못 들은 척 뒤로 미루었다. 향기가 은은하여 절을 찾는 사람들이 천리향 앞에서 발걸음을 멈추곤 하는데 준다고 하여 덥석 가져오기가 미안해서였다.

올 들어 절에서 맨 처음 본 꽃은 지난 2월 산국화처럼 노랗게 핀 '얼음새꽃'이었다. 처음에는 조화를 꽂아 놓은 게 아닌가 하고 눈을 의심했지만 공양주보살이 작년 봄에 깊은 산에서 옮겨 왔다는 이야기를 듣고 감탄을 했다. 꽃 이름도 눈 사이에서 핀다고 하여 얼음새꽃이라고 불렀다.

어느 수행자에게 깊은 산중 암자에서 혼자 한겨울을 나는 동안 해우소에 앉아서 눈 사이에 핀 노란 꽃을 보고 삶의 경외감을 느꼈다는 이야기를 들은 바 있는데 바로 그 꽃이 얼음새꽃이었으리라.

공양주보살도 나도 꽃 이름을 정확히 몰라 이불재로 올라와 책을 들추어 보니 복수초福壽草라고 나와 있었다. 시골에서 부르는 이름은 눈색이꽃, 얼음새꽃, 설연화雪蓮花 등이었다.

절에 지금 피어 있는 꽃 중에는 산당화도 있다. 각시꽃이라고 부르는 마을 농부의 이야기에 의하면 집 안에는 심지 않는다고 한다. 가정의 화목이 깨질지 모른다는 우려 때문이다. 반면에 절에서는 연지꽃이라고 한다. 시집갈 때 처녀가 찍는 연지곤지에서 유래한 꽃 이름으로, 아닌 게 아니라 꽃 색깔이 연지처럼 붉다.

봄이 무르익으면서 이미 지고 없는 매화나 산수유 꽃도 아래 절의 대표적인 절꽃이지만, 내가 기대하는 것은 앞으로 피게 될 이팝나무 꽃이다. 주지스님의 원력으로 경내와 절 주변에 가로수로 심은 이팝나무들이 초파일 전후로 눈처럼 하얗게 피면 봄 속에서 겨울을 보는 듯한 풍경을 연출할 것이다. 내가 벚꽃보다 이팝나무 꽃을 더 좋아하는 것은 벚꽃처럼 화려하지는 않지만 흰 한복을 입은 시골 할머니 할아버지처럼 소박하기 때문이다. 그래서인지 이팝나무가 가장 잘 어울리는 곳은 시골 마을 어귀다.

나도 아래 절의 스님이 이팝나무 다섯 그루와 일꾼을 보내 주어 마당가에 심었다. 무엇보다 아래 절과 조화를 이룰 것을 생각하니 금세 흐뭇해진다. 꽃에는 사람과 사람, 이웃과 이웃을 더 가깝게 연결해 주는 향기와 아름다움이 있다. 이팝나무 꽃이 기다려지는 봄날 아침이다.

종이컵 연등

아래 절에서 가장 작은 연등을 얻어 왔다. 종이컵에 노란 연꽃잎을 붙여 만든 등으로 크기가 간장 종지만 하여 귀엽고 앙증맞다. 절 식구들이 초파일에 달 연등을 미리 만들고 난 후, 남은 연꽃잎을 치우지 않고 활용한 이른바 '컵 연등'이다. 홀로 종이컵 연등에 불을 켜 본다.

연등 달기는 수닷타라는 큰 부자가 왕사성 죽림정사에 머물고 있던 붓다를 사위성 기원정사로 초대하면서 사위성 사람들이 환영 행사의 하나로 거리마다 등불을 켰던 데서 유래한다.

그때 사위성의 한 걸인 노파도 동냥한 돈으로 기름을 사서 등불을 하나 켰는데, 바람 부는 밤이 되어 끄려고 해도 꺼지지 않았다는 일화가 전해지고 있다. 불을 끄려고 한 수행자는 목련이었다. 붓다는 제자인 목련에게 '정성으로 켠 등불은 바람도 끄지 못한다'고 말했다. 연등을 어떤 마음으로 달아야 하는지를 깨우쳐 주는 붓다의 말씀이 아닐 수 없다.

절마다 그러하지는 않겠지만 어떤 절에서는 대웅전 안의 연등 값이 다른 장소에 거는 등 값보다 비싸다고 한다. 연등을 대웅전 안에 달겠다는 사람이 많고, 장소가 한정되어 있으니 이해는 되지만 그래도 목련에게 얘기한 붓다의 간절했던 말씀이 무색해지고 만다. 걸인 노파의 일화에서 보듯 장소보다는 정성이 중요할 텐데.

연등을 접수하는 사무원이 묻는 말은 대개 이렇다.

"어디다 달아 드릴까요?"

나는 이렇게 대답하곤 했다.

"한갓진 자리에 달아 주세요."

연등에 쓰는 발원문을 보면 가족 모두가 거족적으로 잘되라는 무슨무슨 '소원 성취'가 대부분이다. 솔직히 나부터도 작년에 고3인 딸아이의 대입 합격을 소망하면서 연등을 달긴 했다. 학교에서 미술학원으로 또 독서실로 뛰어다니는 딸아이에게 아빠로서 그런 응원을 해줄 수밖에 없어서였다.

그러나 무슨 종교를 가졌든지 올 초파일에는 붓다가 탄생한 뜻이 무엇인지 그 의미를 한 번 되새겨 보는 날이 되었으면 싶다. 붓다가 세상에 출현한 뜻은 룸비니 동산의 보리수 아래에서 태어나자마자 노래했다는 탄생게에 잘 압축되어 있다.

천상천하에 오직 나 홀로 존귀하다.
삼계가 다 고통이니 내가 마땅히 편안케 하리라.
天上天下 唯我獨尊
三界皆苦 我當安之

이웃의 고통을 외면하지 않고 그들을 편안하게 하겠다는 붓다의 기도이다. 이웃과 고통을 함께 하겠다고 선언한 거룩한 맹세이다. 그렇다고 붓다만의 기도나 맹세라고 간과해서는 안 된다. 우리 모두의 기도가 되어야만, 모아진 마음만큼 세상의 상처가 아물고 어둔 그늘도 사라지지 않을까 생각해 본다. 마음을 다해 남의 눈물을 닦아 줄 수 있는 사람만이 하늘 위아래 세상에서 붓다와 같이 존귀하다고 할 수 있지 않을까 싶다.

따뜻한 밥을 올리듯

불가에서 '마지'란 부처님께 올리는 쌀밥을 말한다. 법당에
앉아 계신 부처님이 무슨 밥을 드시냐고 의아해 할 사람도 있겠
지만 절에서는 아침저녁으로 마지를 올리곤 한다. 마지를 받들
고 가는 스님의 모습을 보면 정성스러우면서도 재미있다. 묘기
를 부리듯 어깨 높이로 올려 편 손바닥 위에 따뜻한 쌀밥을 담은
반짝이는 놋쇠그릇을 얹고는 법당을 향해 조용히 걸어가는 것
이다.

아주 가난한 시절, 어느 산중 암자에서는 마지 올릴 쌀이 떨
어져 부처님꽃이라고도 불리는 쌀밥처럼 생긴 수국 꽃잎을 그
릇에 가득 담아 동자승이 올렸다는 이야기도 전해지고 있다. 수
국꽃 향기가 법당에 진동했을 것을 생각하면 어느새 콧잔등이

시큰해진다. 수국꽃을 부처님꽃이라고 부르게 된 것은 그 꽃이 부처님이 태어나신 초파일을 전후해서 피어나기 때문이다.

어린 시절 할머니가 절에 갈 때 왜 쌀을 자루에 담아 가곤 했는지 이제야 이해가 된다. 쌀을 불단에 먼저 올렸던 것을 보면 부처님께 마지 올리는 지극한 마음으로 시주하셨던 것이다.

나는 아래 절의 청년 신도들이 매달 모일 때마다 자의반 타의반으로 한 시간 정도 얘기를 해주고 있다. 청년 신도들은 대부분 농사꾼인데, 화순군에서도 지명이 고운 청풍면과 이양면에 사는 불자들이다. 말이 청년이지 오십 문턱을 넘어선 농부도 있다.

그런데 사실은 그들의 이야기가 내 글보다 더 가슴을 울린다. 절의 방침에 따라 신도들이 불단에 시주한 쌀을 절에서 먹고 남으면 가난한 농가를 돌아다니며 똑같이 나누어 준다는 것이다. 올해도 벌써 서른다섯 집에 쌀을 50킬로그램씩 돌렸다고 한다. 가난한 농부에게 돌리는 쌀도 부처님께 올리는 마지와 다름없기 때문이란다. 맞는 말이 아닐 수 없다. 거짓 없이 사는 농부야말로 농사부처〔農佛〕가 아닌가.

한 농부가 장사에 실패하여 홀어머니와 아기를 갓 낳은 아내를 차가운 방에 남겨 두고 도망쳐버린 집이 있다는데, 그 집에는 청년 신도들이 쌀에, 방을 데우는 기름까지 넣어 주고 왔다고 한다. 그런데 그 아낙네가 '우리보다 못사는 집이 있다'고 처음에는 거절하더란다.

　그렇다. 자기보다 더 불행한 이웃을 걱정하는 마음이 '부처님 마음'이 아니고 무엇이랴. 그러니 법당 부처님께 올리는 밥 말고도 가난한 사람에게 돌리는 쌀도 마지라 아니할 수 없을 것이다. 부처님께 마지 올리는 정성으로 가난한 집을 돕는 청년 신도들의 마음이 내 가슴에 따뜻하게 와 닿는 봄날 오후다. 나도 다음에 그들을 만나 얘기할 때는 따뜻한 밥을 올리는 심정으로 서야겠다는 약속을 자신에게 해 본다.

대원사 가는 길

비가 염불소리처럼 원왕생 원왕생 내리고 있다. 이런 날 나는 내 산중 처소와 이웃인 쌍봉사에서 대원사까지 다녀오기를 좋아한다. 대원사까지는 그리 먼 거리가 아니다. 좁은 지방국도의 제한속도를 지키더라도 40여 분밖에 걸리지 않는다. 길을 달리는 동안 문득 40여 분의 거리로 축약한 내 인생 길이란 느낌이 든다. 아버지가 외지로 가게 되어 불과 100일밖에 살지 못했지만 가는 길에 만나는 바람재 마을에는 나의 태가 묻혀 있고, 대원사에서는 생사生死를 명상하곤 하기 때문이다.

요즘의 쌍봉사는 예전과 달리 세상에 많이 알려져 있다. 전국에서 찾아오는 이들이 부쩍 늘었다. 내 처소를 찾아오는 손님들은 "왜 쌍봉사 근처에 집을 짓고 삽니까?" 하고 묻는다.

내 젊은 날의 방황을 한마디 하지 않을 수 없다. 1970년대 초, 대학시절 처음으로 찾은 쌍봉사는 폐사에 가까웠다. 수백 년 된 고목의 낙엽들이 삼층목탑 주위와 극락전 마당에서 바람에 뒹굴고 있을 뿐, 절은 을씨년스럽기만 했다.

그때 나는 피난민 행색이었다. 요사에는 덮고 잘 이불이 없어 모포를 등에 지고 10리 길을 걸어와야 했다. 대학교정에는 군인들이 점령군처럼 진주해 있었고, 나는 서울을 떠나 숙식이 해결되는 절에 피신해 있어야 했던 것이다. 교정에서 얼씬거린다는 것은 괴로운 일이었다. 민주를 외치며 데모하는 것에도 휩쓸리기를 싫어하는 내 성격 탓에 차츰 흥미를 잃었고, 그렇다고 히죽거리며 교정 잔디밭에서 하숙집 아주머니가 싸준 도시락을 까먹는 일도 그 시대에는 염치없는 짓거리였던 것이다.

쌍봉사는 나에게 적막과 친해지는 법을 가르쳤고, 끓는 분노와 열뇌熱惱를 식혀주었다. 흙탕물이 맑은 물과 흙으로 분리되듯 비로소 나는 본래의 나로 돌아올 수 있었다. 절에는 단 세 사람밖에 없었다. 개를 잡는 남편의 업을 씻기 위해 들어온 공양주 보살과 몸뚱어리가 뜨거운 나와, 출타가 빈번한 주지스님이 전부였다.

주지스님마저 절을 비우고 나면 나는 고독을 이기는 방편으로 빗자루와 걸레를 들고 절 마당을 쓸고 법당을 닦았다. 어느 날인가는 삼층목탑 안의 불단에 올라가 쿠처의 손바닥과 어깨에 켜

켜이 쌓인 먼지를 닦기도 했다. 그러자 부처가 내게 미소를 보냈다. 교과서에서 말하는 미소가 아니었다. 나를 전율케 한 미소였다. 쌍봉사 부처는 내게 말했다. 늘 미소 지을 수 있는 이가 바로 부처라고. 그 후 쌍봉사 부처는 내 인생의 큰 스승이 되었다.

쌍봉사 뒷길을 지나 화순군과 보성군의 경계인 큰 고개를 하나 넘으면 내가 태어난 바람재 마을이 보인다. 멀리 수백 년 된 느티나무 한 그루도 보인다. 바로 저 고목 아래 집에서 나는 세상에 으앙 하고 울면서 태어났고 사람들은 아들 낳았다고 손뼉 치며 기뻐했던 것이다.

어느새 나는 보성군 복내면 소재지에서 문덕면에 이르는 길을 달리고 있다. 벚꽃이 져버리고 그 환영만 남은 길이지만 무성해진 나뭇잎은 내 가슴까지 젊게 물들인다. 여린 잎이 나무의 영혼이라면 지금의 잎은 살겠다고 아우성치는 독이 잔뜩 오른 생명에의 의지다.

저 독하게 푸른 잎을 보고 아무리 삶에 지쳐 있다 해도 힘을 내지 않을 사람이 어디 있을까. 나는 대원사로 가는 이 길을 삶의 상처가 깊은 이에게만 보여 주고 싶다. 차가 깊은 맛과 그윽한 향을 내는 것은 차를 만드는 과정에서 찻잎에 상처를 내주기 때문이다. 사람도 마찬가지다. 누군가가 이 길을 가면서 주먹을 쥐고 눈물을 흘린다 해도 이상한 일이 아니다.

대원사 초입부터는 무성한 벚나무 잎의 장막으로 반광반음牛

光牛陰의 길이 된다. 구불구불한 산길은 자궁으로 이어지는 탯줄 같고 중음中陰의 공간 같다. 그도 그럴 것이 대원사는 모든 생명의 극락왕생을 염원하는 극락전을 중심 법당으로 삼고 있고, 여느 사찰과 달리 외로운 넋을 달래주는 지장기도를 많이 하는 절이다. 더욱이 신라 왕자 출신으로 신라 차씨를 가지고 중국에 가 지장왕보살로서 존경받고 다불茶佛이 된 김지장 스님을 모시는 김지장전金地藏殿도 있다.

지금 대원사는 다가오는 초파일을 맞이하여 연꽃 축제 중이다. 단순히 눈을 즐기기 위한 행사가 아니다. 연꽃의 청정함과 향기에 취해 욕심을 놓아버리자는 수행 과정이다. 극락極樂이란 단어는 지극히 편안하다는 말이다. 절에서 키운 108가지 연꽃을 보는 동안 108번뇌가 사라진다면 그 순간이 바로 극락이 아닐 것인가.

마침내 대원사에 이르러 빗발을 피해 찻집 처마 밑에서 건너편을 바라보니 금언이 적힌 노란 깃발 하나가 눈에 든다. '잘 보낸 하루, 달콤한 잠/ 잘 보낸 인생, 행복한 죽음'

그렇다. 하루를 잘 보내면 달콤한 잠을 이루고, 인생을 잘 보낸 이는 행복한 죽음을 맞이할 수 있을 것이다. 극락전이 언뜻 보이는 연지문蓮池門에 들어서니 반갑게 안겨오는 연꽃 향기에 시름이 절로 놓이고 나무아미타불을 외는 창불唱佛 소리에 마음이 평안해진다.

여름

밭은 결코 낭만적인 곳이 아니다

밭이 낭만적이고 정적인 것 같지만 사실은 그렇지 않다.
손발을 부지런히 움직이고 땀을 흘려야만 적기에 씨 뿌리고 열매를
거둬들일 수 있기 때문이다. 또한 밭은 결코 식물이 얌전하게 자라는 곳이 아니다.
생존경쟁이 치열한 세상의 저잣거리와 조금도 다르지 않다. 운동선수들이
격전을 치르는 운동장처럼 땀이 뚝뚝 떨어지는 곳이다.

밭은 치열하다

산중 처소 입구에 인사를 아주 잘하는 나무가 한 그루 있다. 처소를 찾는 손님 모두에게 '안녕하십니까?' 하고 허리를 굽혀 인사하는 감나무가 바로 그 나무이다. 그런데 요즘 들어 감나무는 컨디션이 안 좋은지 잎들이 시들하다. 잎들은 바람이 세게 불면 낙엽처럼 떨어지고 만다.

병이 든 것 같지는 않은데 몸 어딘가가 불편한 듯하다. 묵은 밭에서 옮겨온 지도 어느새 이태가 다 됐는데 아직도 적응하는 것이 힘들어 그러는지 모르겠다. 어제는 장맛비가 오려고 해서 일단 감나무 주위에 무성하게 자란 코스모스들을 뒷밭으로 가는 길목에 옮겨 심었다. 코스모스가 감나무 뿌리로 갈 영양분을 가로채는 게 아닌가 싶어서였다.

오늘은 감나무 주위에 고랑을 판 뒤 퇴비를 듬뿍 묻어 주고 나니 가랑비가 내린다. 농부의 얘기를 들어보니 지금 내리는 비는 비료와 같은 효과를 낸다고 한다. 어린 벼들을 쑥쑥 자라게 하는 비라는 것이다. 어린 시절에 키가 무럭무럭 잘 자란다고 하여 노란색의 원기소를 먹은 적이 있다. 먹은 체하다가 비위 상하게 하는 냄새 때문에 어른들 몰래 버린 적이 많았지만 오늘 나무에게 준 퇴비 역시 정이 담긴 원기소 같은 것이리라. 개도 코가 축축하지 않고 말라 있으면 병이 와 있음을 알 수 있듯 식물도 잎이 싱싱하지 않고 맥이 풀려 있으면 영양 상태가 좋지 않아서 그럴 수도 있으니 더 세심하게 보살펴 주어야 한다. 감나무 뿌리가 숨을 쉴 수 있도록 코스모스를 거둬 내고 퇴비를 묻어 주었으니 우선 응급조치는 취한 셈이다.

코스모스를 뽑으며 관찰한 게 하나 있다. 코스모스가 가녀리다고만 알고 있는데 잘못된 선입관이 아닐 수 없다. 녀석을 뽑아 보니 줄기는 의외로 질기고 땅속으로 뻗어간 뿌리는 어찌나 악착같은지 마치 문어의 빨판 같았다. 겉은 부드러우나 안으로는 한없이 강한 식물이 있다면 바로 코스모스가 아닐까 싶다. 코스모스에게서 나는 외유내강의 지혜를 다시 배운다.

산중 처소의 가족들이 걱정만 주는 것은 아니다. 밭에서 가져오는, 농약을 치지 않은 채소들은 나의 식탁을 즐겁게 해준다. 상추와 쑥갓은 먹고 남아 초파일에는 아래 절에까지 보시했다.

상추는 지금까지도 염소처럼 뜯어먹고 있다. 쑥갓은 이미 세어져 먹을 수 없지만 국화처럼 성긴 꽃이 예뻐서 뽑지 않고 밭에 그냥 둔 채 감상하고 다닌다.

감자는 긴 두둑에 세 군데나 심었지만 수확은 신통치 않다. 두 바구니 정도밖에 수확을 못했으니 말이다. 그래도 감자 잎이 노래지면서 캘 때가 됐다고 땅 속의 소식을 전해 주는 것을 보면 신기하다. 하지감자란 말을 듣고 자랐는데 실제로 하지를 전후해서 캤던 것이다.

땅콩도 다람쥐가 파 먹어 다시 심곤 했지만 이제는 땅콩 잎이 제법 밭을 덮고 있다. 싱거운 얘기가 될지 모르겠지만 왜 땅콩인지 산중에 와서야 아하! 하고 알았다. 땅 속에서 나는 콩이니까 땅콩이었다. 더덕은 곡예사처럼 꽂아 둔 나뭇가지를 타고 있는 중이고, 수박은 열 모종을 심었는데 벌써 주먹만 한 열매를 달고 있다. 농부가 열두 마디 이후에 연 수박만 키우라고 하지만 초보자 농사꾼은 아깝고 귀여워서 차마 따지 못하고 있다. 그러나 더 크고 맛좋은 수박을 위해서는 기회를 보아가며 읍참마속의 심정으로 이미 나온 작은 열매들을 딸 생각이다. 고구마도 많은 줄기를 잘라서 꺾꽂이했으니 가을에는 수확을 제법 할 터이고, 겨울이면 두고 두고 아궁이에 구워 먹을 수 있을 것이다.

밭이 낭만적이고 정적인 것 같지만 사실은 그렇지 않다. 손발을 부지런히 움직이고 땀을 흘려야만 적기에 씨 뿌리고 열매를 거둬들일 수 있기 때문이다. 또한 밭은 결코 식물이 얌전하게 자라는 곳이 아니다. 생존경쟁이 치열한 세상의 저잣거리와 조금도 다르지 않다. 운동선수들이 격전을 치르는 운동장처럼 땀이 뚝뚝 떨어지는 곳이다. 식물도 주어진 환경에 잘 적응하고 극복하면 주전으로 살아남고, 그렇지 않으면 교체 대상이나 낙오자가 되고 만다. 인생도 마찬가지다. 괭이를 들고 밭을 갈아본 이라면 나의 이야기에 고개를 끄덕이리라.

연못가에 지은 차실

산중 처소는 요즘 어수선하다. 연못가에 집을 한 채 짓고 있어서다. 4.5평 넓이로 창 둘, 문 하나의 자그마한 집이다. 새집의 용도에 대해서는 나와 어머니, 아버지 입장이 아주 다르다. 어머니는 텃밭에서 콩을 거두어 쑨 메주를 띄우겠다고 하고, 아버지는 온돌방인 까닭에 장작불을 때 놓고 등을 대겠다고 하신다. 나는 들르는 길손과 차를 마시는 차실로 사용하고 싶다. 올해 초봄에 충청도 청양에서 뿌리를 옮겨 심은 수련이 꽃을 피우면 창호지 문을 열고 오래도록 바라보는 것도 좋고. 이런 바람도 서로 다른 세월을 살아온 사람들의 세대 차이인지 모르겠다.

수련의 작고 동글동글한 새잎들이 물을 뚫고 맹렬하게 올라오는 중이다. 뿌리를 내리고 있다는 증거인데, 앞으로 한 달 후

면 봉긋한 꽃봉오리도 보게 될 것이다. 연은 고향이 열대 지방
이어서 찬물에서는 잘 적응하지 못한다는 말을 들었다. 연못의
물은 집 앞으로 흐르는 찬 개울물을 호스로 끌어오고 있어 수온
이 낮을 수밖에 없다. 그래서 연못에 댄 호스 끝을 좁혀 찬물의
유입량을 줄였다. 이미 연못을 채우고 있는 따뜻한 물에 영향
을 주지 않기 위해서였다. 효과가 있는 것인지 수련은 활발하
게 뿌리를 내리고 있다.

새집의 주춧돌을 놓은 지도 나흘이 지났다. 이미 기둥이 세
워지고 지붕은 벌써 올라갔다. 지금은 문을 다는 작업을 하고
있다. 이제는 벽을 황토로 바르고 구들을 설치하는 일만 남았
다. 벽을 말리는 데는 건조한 봄바람이 가장 좋다고 한다. 지금
처럼 바람이 솔솔 분다면 바깥벽을 말리는 데 닷새 걸리니까 안
벽까지 합치면 열흘 정도면 되고 구들 작업은 이틀이면 족하다
고 한다.

그런데 나를 찾는 손님마다 새집의 '선 자리'를 이리저리 보
고는 고개를 갸웃거린다. 이미 지어진 이불재와 보기 좋은 직각
으로 배치되어 있지 않기 때문이다. 그래도 나는 벌어진 둔각을
고집했다. 사람이 바라보는 시선 끝을 안대라고 한다. 나는 사
람만이 아니라 집도 바라보고 싶은 곳이 있다고 생각한다. 결론
적으로 말해서 사람과 집이 함께 바라보고 싶은 데를 충족시켜
주는 것이 가장 좋은 집의 방향이 아닐까 여겨진다. 그래서 나

는 새집이 꽃봉오리처럼 솟은 서산의 한 봉우리를 바라보게 한 것이다. 이와 같은 이치는 사람도 마찬가지다. 첫눈에 드러나 보이는 앞모습보다는 돌아선 뒷모습이나 옆모습에서 속 깊은 매력을 풍기는 사람이 더 향기로운 것이다.

새들아, 함께 살자꾸나

산중으로 이사 온 지도 어느새 3년이 지났다. 그동안의 큰 변화라면 연못과 차실[茶室]이 한 채 새로 생긴 것이다.

차실 처마 밑에는 무염산방無染山房이라는 편액을 달아 걸었다. 낙관이 찍혀 있지 않아서 누구의 글씨냐는 질문을 자주 받는다. 글씨를 쓴 법정 스님은 낙관을 찍어 주시지 않았다. 당신의 이름을 감추고 싶다는 것이 이유였다.

또 하나의 큰 변화가 있다면 산새들이 산중 처소를 찾아와 쉬거나 둥지를 틀고 산다는 사실이다. 오늘 아침에도 연꽃을 구경하느라고 연못가에 있는데 노랑할미새가 날아와 날씬한 몸매를 자랑하고 날아갔다.

연못가에는 나의 눈치를 너무 보는 새도 있다. 연못에 사는

물고기를 낚으러 왔다가 나를 보면 어찌나 빨리 도망치는지 녀석의 모양을 한 번도 제대로 보지 못했다. 흑로처럼 생긴 데다 크기는 해오라기 같은데 아직 나는 그 새의 정확한 이름을 모른다.

산중 처소에서 내가 맨 처음 안 새는 어치였다. 비가 오려고 하면 기분이 나쁜지 오리처럼 꽥꽥 소리 지르고 가슴과 배가 황갈색인 녀석을 마을 농부들은 '산까치' 라 불렀다.

"맞바람에 산에 나뭇잎이 뒤집히고, 산까치가 우는 것을 보니 비가 오겠네."

녀석의 사촌쯤 되는 물까치도 처소 주변을 맴돌곤 한다. 머리는 검은색이고 등과 몸은 흰색에 가까운데 무리 지어 저공비행을 하는 것이 특징이다.

산길을 걷다가 수시로 마주치는 새 중에는 꿩과 산비둘기가 있다. 농부들에게는 모두 얄미운 존재이다. 그래도 한 농부는 꿩과 산비둘기 먹이까지 계산하여 많은 씨를 뿌렸다고 한다.

"콩을 많이 뿌렸으니 새들이 먹어도 콩 농사에는 지장 없습니다. 콩 줄기가 너무 무성해도 콩이 덜 맺습니다."

농부의 말은 옳았다. 나는 그의 말을 참고하지 않았다가 올해 콩을 세 번이나 뿌렸다. 조금씩 뿌렸다가 결과적으로 새들 먹이만 주고 만 것이다. 두 번째까지는 남김없이 콕콕 쪼아 먹더니 세 번째는 녀석들도 염치없음을 알았는지 어린 콩 싹을 그대로 두었다.

개울에는 원앙이 부부 한 쌍도 가끔 날아왔다가 가곤 한다. 원앙이만큼은 사전으로 보지 않고서도 곧 알 수 있었다. 요즘은 사라지고 없지만 어린 시절 어른들의 베개에는 꼭 원앙이 한 쌍이 수놓아져 있었던 것이다. 원앙이의 금실은 과연 듣던 대로였다. 먹이를 찾거나 쉬거나 날아오를 때도 꼭 일심동체로 행동했다.

무염산방 처마에 딱새가 이끼와 마른 풀잎으로 둥지를 틀고 올해 알을 다섯 개나 낳았다. 처음에 나는 그 새가 딱새인지 박새의 일종인 곤줄박이인지 헷갈려 사전을 보고 나서야 딱새로 판단을 내렸다. 모양은 비슷하나 꽁지를 쉼 없이 위아래로 흔드는 습성을 보니 딱새였던 것이다. 딱새는 산중 처소 뒤 짚단에도 둥지를 만들어 놓고 알을 네 개나 낳았다. 짚단은 작년 겨울에 가스통이 얼지 말라고 덮은 것인데, 봄이 되어 그곳으로 치워 두자 딱새가 날아와 무허가 둥지를 지은 것이다.

그러나 나는 딱새의 무허가 둥지를 오히려 환영했다. 녀석이 처소의 뒷문을 열면 바로 보이는 그곳에 집을 지은 바람에 나는 딱새의 삶을 조금이나마 엿볼 수 있었다. 정성을 다해 새끼를 기르는 딱새의 눈물겨운 모정은 나를 감동시켰다. 먹이를 물고 온 딱새는 바로 둥지로 날아가지 않았다. 아직 날지 못하는 새끼가 다른 짐승에게 노출되지 않기 위해 그러는 것 같았다. 어

미 딱새는 이 가지 저 가지를 거쳤다가 둥지로 날아가 먹이를 주
곤 했다. 어미 딱새는 먹이만 챙기는 것이 아니라 새끼의 똥도
부지런히 제 입으로 치웠다. 그러니 새끼는 쾌적한 둥지에서 자
랄 수 있다.

　법정 스님은 어느 책에선가 새들이 떠난 숲은 적막하다고 경
고한 적이 있다. 새들이 떠난 곳이라면 이미 환경이 파괴되었다
는 증거가 아닐 것인가. 그런 곳에서는 결국 인간도 살 수 없게
될 터이다. 아침에 일어나 귀기울이면 새들은 저희들끼리 반갑
게 인사한다.

　"밤새 잘 잤니? 좋은 아침이야."

　숲에서 들려오는 새소리는 덩달아 나의 기분을 상쾌하게 해
준다. 뭔가 가슴 설레게 하는 좋은 하루를 예감케 한다. 새들의
대화를 듣고 싶은 분이 있다면 누구라도 이른 아침의 숲 속으로
가보시기를 바란다. 입 다물고 침묵할 줄 아는 분이라면 마음
속 깊이 있던 '귀 속의 귀'가 열려 새들의 말이 들리지 않을까
싶다.

연꽃과 같이

얼마 전 혼자 보기가 아까워 늙으신 어머니를 모시고 연꽃을 보러 간 적이 있다. 산비탈에 차밭을 일구며 사는 어느 농부가 자기 집 연못에 백련이 피었다고 알려 주었던 것이다. 대여섯 평쯤 되는 그의 연못은 논가에 붙은 방죽 같은 모습이었다. 원래 차밭을 만들려고 땅을 팠는데, 바위틈에서 찬물이 나와 할 수 없이 못을 만들었단다. 처음에는 연 세 뿌리를 인취사에서 가져와 심었는데 두 해 만에 무성해졌단다.

일이 줄어드는 겨울에는 그의 자문을 받아 내 처소 마당 앞에도 조그만 연못을 만들려고 한다. 거기에다 그에게 연 한 뿌리 정도를 얻어 기르고 싶다. 내가 연 뿌리를 심고 싶은 이유는 법정 스님께서 늘 생각해야 할 숙제라며 직접 붓으로 써 보내신 다

음과 같은 구절이 절절하기 때문이다. 이 구절은 불경 중에서
초기 경전인《숫타니파타》에 나오는 붓다의 말씀이다.

> 소리에 놀라지 않는 사자와 같이
> 그물에 걸리지 않는 바람과 같이
> 흙탕물에 더럽혀지지 않는 연꽃과 같이
> 무소의 뿔처럼 혼자서 가라

나의 법명은 무염無染이다. 저잣거리에 살면서도 물들지 말라
는 뜻이라고 스님께서 법명을 내리시던 날 설명해 주셨다. 더
의미 있는 것은 연꽃을 한자어로 의역하면 '무염'이라고도 한단
다. 그러니 나는 불문에 들어선 날부터 연꽃과 인연이 깊어져
버린 것이 아닌가 생각된다.

붓다가 깨달음을 이룬 인도의 부다가야 대탑을 순례하면서
나에게 감동을 준 것도 바로 연꽃이었다. 대탑 앞에는 순례자들
이 붓다에게 바쳤던 연꽃을 치우는 커다란 쓰레기통이 있었는
데, 연꽃을 살 돈이 없는 가난한 순례자들은 그곳에서 연꽃을
주워 붓다에게 참배하고 있었다. 향기 나는 쓰레기통이 아닐 수
없었고, 붓다의 미소 또한 무슨 꽃을 들고 오건 간에 평등할 뿐
이었다.

그의 연못에 올해 마지막으로 연꽃이 피었다가 진다 해도 섭

섭할 일이 못 된다. 욕심 없이 차밭을 가꾸며 산자락을 차밭으로 일구며 사는 그 부부가 바로 하얀 연꽃인 것이다. 찻잎을 야금야금 갉아먹는 자벌레지만 절대로 농약을 치지 않고 미물과 더불어 살아가는 그 부부를 어찌 심련心蓮이라고 아니할 수 있겠는가. 그래서 사람을 두고 꽃보다 아름답다고 어떤 가수는 열창했나 보다.

깊은 산이 흰 구름 보고 미소하네

아침에는 좀 독특한 국수를 만들어 먹었다. 어제 저녁에 먹었던 오이 냉채가 남아 있길래 국수를 삶아 섞었더니 뜻밖에 시원한 오이 냉채 국수가 되었다. 열무김치 국수는 위장을 자극하는 매콤한 맛으로 먹지만 오이 냉채 국물에 말은 국수의 담백한 맛은 그윽하고도 삼삼했다.

오래전부터 나를 사로잡은 시 한 구절 같은 바로 그 맛이었다. 어느 원전에서 유래한 것인지는 모르나 그 시 구절을 나는 수년 전에 산중 암자의 수행자한테서 들었다. 한 번 들었는데도 잊혀지지 않은 것을 보면 마음 속 깊이 그윽하게 젖어든 게 분명하다.

'청산은 바삐 사는 흰 구름을 보고 비웃는다〔靑山應笑白雲忙〕.'

몇 달 전의 일이다. 나는 이와 같은 구절이 나오는 원전을 꼭 밝히겠다는 생각으로 대학에서 한문을 강의하는 후배에게 전화를 걸었다. 논어나 명심보감 등의 원전을 여러 권 번역해 낸 실력 있는 후배였다. 후배는 내 궁금증을 속 시원하게 풀어 주었다.

"초의 선사 시에 나오는 구절입니다. 원문을 팩스로 보내 드리겠습니다."

후배가 보내온 초의 선사의 시 원문을 보니 의문이 하나 풀어졌다. 초의 선사가 위와 같은 시 구절을 창작한 배경이 이해되었다. 초의 선사가 친구를 찾아갔다가 만나지 못하고 돌아오는 길에 날이 어두워져 이끼 낀 바위 아래서 하룻밤을 보내며 느낀 감상을 읊조린 것인데, 청산처럼 묵묵하게 제자리를 지키지 못하고 공연히 분주하게 사는 자신을 떠돌아다니는 흰 구름에 비

유하여 지은 시였다.

　나는 바로 볼펜을 꺼내 그 시 구절만 종이에 적었다. 마음에
들지 않는 졸필이지만 그 뜻이 내 마음을 사로잡아 왔으니 누가
보아도 어떠랴 싶어 작업실 벽에 붙였다. 산중에 사는 나에게
삶을 되돌아보게 하는 화두가 될 것도 같았다.

　몸은 산중에 있지만 마음은 저잣거리를 바쁘게 떠돌 때가 많
으니 나도 초의 선사가 본 흰 구름과 다를 바 없었다. 무슨 일을
작심하고 시작할 때는 온몸을 던져 보려고 하지만 곧 그 일에 전
념하지 못한 채 이런 저런 망상에 시달리곤 했던 것이다.

　사람들은 나의 이런 실상을 보지 않고 내 산중 삶을 부러워하
지만 절대로 그럴 일이 못 된다. 저잣거리에 살려면 누구라도 시
간에 쫓기지 않을 수 없고, 몸이 바쁘지 않을 수 없다. 그러나 몸

은 그렇다 하더라도 마음은 청산처럼 무엇에도 흔들리지 않는 이가 있다면 그가 바로 붓다가 아닐까 싶다. 붓다란 인도 말로 '눈을 뜬 사람' 혹은 '깨달은 사람'이다. 불교라는 특정 종교에 갇힌 말이 아니다. 인도를 여행하면서 직접 들었는데 지금도 인도 사람들에게 살아 있는 언어임을 알 수 있었다. 힌두교를 믿는 어떤 경찰관이 나에게 자신은 아침마다 붓다가 된다고 농담을 걸기도 했다. 왜냐고 묻자, 잠에서 깨어나 눈을 뜨니까 아침에만 '붓다'가 된다며 웃었다.

만약 사랑채인 무염산방 기둥에 주련을 하나 건다면 바로 '靑山應笑白雲忙'을 써서 달고 싶다. 바삐 움직이다 자기를 허물고 마는 흰 구름이 되기보다는 자기 자리를 말없이 지키는 청산을 닮고 싶다. 서울 생활을 정리하고 남도 산중으로 내려온 이유도 실은 시간에 끌려 다니지 않는 나만의 중심이 확실한 삶을 살기 위해서였다.

그런데 최근에 초의 선사의 이 구절을 전해지는 대로 감상하다가 문제를 하나 발견했다. 벽에 붙여 놓고 오다가다 음미하다 보니 '비웃는다'는 말이 마음에 들지 않았다. 청산이 흰 구름을 보고 비웃기보다는 그냥 슬쩍 미소를 지었을 것만 같다. 청산은 이미 시비를 초월해 있으니까. 그래서 나는 내 나름대로 다시 번역해 보았다.

'저기 깊은 산이 바삐 사는 흰 구름 보고 미소하네.'

청산을 '깊은 산'으로, 비웃다를 '미소하다'로 바꾸고 보니 품격이 생기는 것 같은데 이 글을 읽는 분들은 어떨지 궁금하다. 그러나 이런 얘기는 음식을 직접 먹어 보지 않고 음식 맛을 얘기하는 것과 조금도 다르지 않다. 문제는 자구의 그럴듯한 해석이 아니라 지금 이 순간을 사는 마음의 태도이다. 자신이 어디에 어느 자리에 있건 간에 무엇에도 휘둘리지 않고 묵묵한 청산이 되려고 하는 마음이 더욱 소중한 것이다.

외로움이 힘이다

사람들이 내 처소를 찾아와 가장 많이 묻는 말 가운데 하나가
'외롭지 않느냐' 는 질문이다. 사춘기를 전생의 일처럼 까마득
히 멀리 보낸 나이에 '외롭다' 라는 낱말이 조금은 어색하지만
그래도 그 말을 나의 삶에서 지워 없애기란 불가능하다.

처소를 찾는 손님들은 길어야 하룻밤 머물고 가는 것이 고작
이다. 가만히 그들을 보니 공통점이 있다. 도착한 후의 몇 시간
은 감탄의 연속이다. 공기가 좋다, 대나무 숲이 시원하다, 물맛
이 좋다. 그러나 밤이 되면 감탄사가 줄어든다. 벌써 저잣거리
의 일들이 하나둘 떠오르기 때문이다. 손님들은 나의 눈치를 슬
슬 보면서 서울로 전화를 걸기 시작한다. 내가 보기에는 스스로
근심을 불러들이고 망상을 피우는 것에 불과하다. 그러다가 다

음 날 아침에는 더욱 현실로 다가선다. 고속도로의 교통 체증을 미리 걱정하면서 산중의 풍광을 건성으로 대충대충 보고는 올라가는 것이다.

이러고도 과연 산중에서 하룻밤을 잤다고 할 수 있을는지 의심스럽다. 몸은 산중에 머물렀는지 모르지만 마음은 저잣거리에 묶여 있었기 때문이다. 몸과 마음이 따로따로 노는 삶은 온전한 삶이 아니라 반쪽의 삶이다. 선가에 '온몸으로 살고 온몸으로 죽어라〔生也全機現 死也全機現〕'라는 말이 전해지고 있다. 여기서 '온몸'이란 몸과 마음이 하나 되는 것을 의미하리라. 쉽게 얘기해서 한눈팔지 말고 최선을 다해 살라는 말이다. 그래야 자신에게 주어진 삶이 송두리째 자기 것이 된다.

손님 중 가장 오래 머물다 간 사람은 성호라는 재수생이다. 성호 아버지와 나는 대학 동문이어서 부탁을 받고 두 달 동안 서재를 반으로 나누어 사용했던 것이다. 물론 늙은 부모님이 가끔 찾기는 하지만 성호와 둘이 살아가니 덜 외로웠다. 내가 밥을 지어 차리면 성호가 설거지를 하는 등 일을 분담하니 세 끼 먹는 일도 편했다. 낮 동안 일하는 시간에도 성호의 도움을 많이 받았다. 퇴비를 뿌리고 잡초를 뽑는 일도 성호의 손이 있어 혼자 할 때보다는 수월했다. 그러나 빛이 있으면 그림자도 생기는 법이다. 성호는 갑자기 나에게 말을 걸어오곤 했다. 글에 집중하고 있는데 말을 걸어오면 아주 난감해진다. 그렇다고 대답을 안 해줄 수도 없어 건성으로 대답하고는 그 순간을 모면한 적이 많다.

성호가 떠난 지금, 나는 다시 혼자다. 또 며칠 있으면 손님들이 올 것이고 혼자 사니 외롭지 않느냐는 질문을 받을 것 같다. 결론적으로 말해서 나는 외로움을 즐기는 사람이다. 외로움이 삶을 지탱해 주는 힘이라는 것을 깨닫곤 한다. 혼자인 것 같지만 사실은 혼자이지 않다. 방을 나서면 야생화인 둥글레가 하얀 초롱 같은 꽃을 달고 나를 반긴다. 알록제비꽃의 새잎과 꽃대도 몰라보게 부풀어 있다. 자신에게 주어진 짧은 생의 시간에 온몸을 바치려면 누구라도 외로워져야 한다.

아름다움에 대한 욕심

불일암을 다시 오른다. 지난날 마음에 허기가 들 때 찾곤 했던 암자다. 암자를 오르는 대숲 길은 예나 지금이나 정갈하게 비질이 되어 있다. 비질 자국이 어찌나 선명한지 발자국을 내기가 미안하다. 골바람이 불어가나 비질의 흔적은 그대로이다.

암자 뜰은 도라지꽃과 달맞이꽃이 한창이다. 달맞이꽃은 해가 지고 밤이 되어야 피어난다. 달맞이꽃 봉오리가 터질 때마다 소리가 퐁퐁 하고 난다는데, 암자의 한 스님에게 물어보니 실제로 그렇다고 한다. 오늘은 불일암 아래채에서 하룻밤 머물 것 같으니 달맞이꽃 터지는 소리를 확인해야겠다. 유월 장마철부터 피기 시작한 붓꽃 무리는 꽃이 진 흔적만 남아 있다. 태산목의 우아한 꽃도 다 지고 마지막인 듯 한 송이가 매달려 있다. 어

느 수행자의 선시가 떠오른다.

왜 사람 없는 적막한 산중에 사느냐고?
산속이 적막한 것은 그대의 마음이 적막한 까닭일세.

피고 지고 또 피는 저 꽃들
아침마다 잠을 깨우는 새들,
정다운 저것들을 두고 어찌 여길 떠날까.

암자 뜰에서 좀더 기다리니 불일암 스님이 나타나신다. 스님도 강원도에서 내려오시는 길이다. 스님은 암자에 들어서자마자 위채 마당가에 우뚝 선 후박나무 둥치를 친구를 껴안듯 두 팔로 붙든다. 암자에 오실 때마다 그렇게 꼭 한 번씩 안아 주신다고 한다. 손수 심으신 나무이니 말 못하는 나무도 얼마나 반가울까. 십여 년 전에 손수 참나무로 만든 비뚤어진 의자에도 앉아 보신다. 스님은 이불재 소식을 묻는데, 순한 개 보현이의 안부가 가장 궁금하신 모양이다.

"강아지는 많이 컸는가?"

"제법 컸습니다."

"사람과 비슷한 짐승인데 업이 달라 개의 형상을 하고 있는지 몰라."

멀리 동글동글한 조계산 자락이 운무에 가려 있다. 스님은 산 자락을 바라보며 나이 드는 걸 절감하신다고 한다. 짐 같은 자잘한 욕심들은 나이 따라 저절로 정리가 되는데, 단 한 가지만은 아직도 내치지 못한다고 한다. 아름다움에 대한 욕심, 바로 그것을 어찌하지 못하겠다는 것이다. 아름다움을 감상하는 낙만은 놓지 못하겠다는 말씀이다. 스님이 우려내 주는 차를 마시면서 차와 어울리는 찻잔의 색깔과 모양, 혹은 차로 인한 내면의 충만에 대해서 얘기하실 때면 스님의 심미안이 절로 느껴진다. 스님의 '아름다움에 대한 욕심'이 비로소 이해되는 것이다. 아무리 무소유를 추구하는 불교라 하더라도 심미안까지 놓아 버리라고 한다면 멋쩍은 일이 아닐 수 없다. 인간이란 존재는 로봇처럼 무미건조한 기계가 아니기에.

"최고의 차 맛은 홀로 차를 마시면서 음미하는 적적함이지."

차 한 잔에 자족하는 노승의 모습. 깨달음의 실존이 있다면 바로 그런 모습이 아닐까.

비 오는 날의 연꽃

비가 내리고 있다. 마른장마가 끝나고 벌충이라도 하듯 며칠째 내리고 있다. 무염산방 아궁이도 이제는 물이 계속 고이고 있다. 나그네의 일과에도 변화가 하나 생겼다. 아침에 일어나자마자 물을 퍼내는 작업이 추가된 것이다. 허리를 굽혔다 폈다 하는 운동을 적어도 10여 분은 해야 아궁이 바닥이 보인다. 원한 것은 아니지만 아침체조이다.

기분 전환도 할 겸 이삼 일 미뤄둔 방 청소를 한다. 밭으로 나가 도라지꽃도 흰색과 보라색을 한두 송이 꺾어 빈 병에 꽂아 본다. 꽃은 누구에게나 마음을 열게 하는 비밀이 있다. 그 비밀이란 꽃이 미소를 짓고 있기 때문이라고 한다면 감상적인 비약일까? 미소란 마음의 빗장을 열게 하는 열쇠 같은 것이 아닐까 싶다. 부처님이 미소 짓지 않고 있다고 가정해 보라. 불문에 귀의하겠다는 마음이 사라지고 말지도 모른다.

요즘 산중 처소에는 연꽃이 만발해 있다. 흰 수련이 아침에 피어나 오후에 아문다. 비 오는 날 가까이 다가서면 향기가 더 난다. 막 목욕을 시키고 난 아기 살 냄새 같기도 하고, 비릿하면서도 아기 살에 두드려 바르는 분 냄새 같기도 하다. 그러고 보니 흰 수련 중에는 엄마도 있고 아기도 있다. 대학교 선배가 되는 비구니스님에게 전화를 걸어 물어보았더니 퉁명스럽게 말한다.

"난 몰라. 애기를 키워 보지 않았으니까."

수련을 택배로 보내준 스님인데, 나그네의 질문은 우문이 아닐 수 없었다. 출가한 스님에게 아기를 키워 봤냐고 물어본 셈이니까.

지금 이 글을 쓰고 동안 붉은 수련도 고개를 내밀고 있다. 흰 수련 뿌리에 묻어 온 것이다. 나는 무엇이거나 흰색을 좋아하지만 비 오는 날에는 붉은 수련도 볼 만하다. 홍일점이란 말도 실감나고. 붉은 수련은 연못의 파격이다. 아름다운 반란이다. 느슨할 뻔한 연못에 긴장을 주는 고마운 반란인 것이다.

이불재 새 식구

이 세상에 변하지 않는 것은 하나도 없다. 변치 말았으면 싶지만 어느새 그런 바람이 부질없다는 생각이 든다. 요즘 내 산중 처소에는 새 가족이 들어오기도 하고, 나가기도 한다. 어제 해질녘에 단풍나무 밑으로 떨어져 날개를 파닥이던 새끼 산새는 아침에 보니 숨을 거둔 채 이슬에 젖어 있었다. 다친 새를 발견했을 때 살려 보려고 파리를 잡아다 부리에 넣어 주기도 했지만 지금 생각해 보니 소용없는 일이었다.

딱새 둥지는 비어 있다. 알에서 깨어난 네 마리의 새끼들이 시험 비행을 마치고 모두 분가해 나갔다. 더디게 자란 두 마리가 오늘 아침에야 마저 둥지를 떠난 것이다. 아침마다 둥지를 찾아가서 안부를 살피던 재미가 이제는 사라졌다. 처소 뒤란에 자라는 앵두나무를 보는 재미도 접을 수밖에 없다. 빨간 앵두 열매는 홍보석처럼 보기에 좋은데 물까치란 녀석이 하나씩 물고 가더니 며칠 전부터 하나도 없는 것이다. 물까치가 앵두 맛을 알아 훔쳐간 것이니 어찌할 것인가. 서운하지만 내년 여름을 기다리는 수밖에.

요즘 처소에서 가장 신이 나 있는 녀석은 보현이다. 그동안 혼자 심심했는데 녀석을 닮은 강아지 한 마리가 굴러들어 온 것이다. 내가 아래 절에 내려갔을 때 나를 졸졸 따라왔던 녀석인데 처소를 떠나지 않는다. 나는 녀석의 이름을 '문수'라고 지어 주었다. 문수는 붙임성이 그만이다. 절을 찾은 사람들이 다 떠나고 나자 무작정 나에게 매달렸던 것이다. 절로 돌아가라고 쫓아 보았지만 소용없는 일이었다. 녀석은 필사적으로 발끝을 핥으며 물러서지 않았다. 누군가가 버리고 간 문수, 엉덩이 부분의 털이 빠진 것을 보아 병을 앓고 있는 게 분명하다. 그래도 문수는 기죽지 않고 활발하게 잘 적응하고 있다.

붙임성이 좋은 문수에 비해 보현이는 정이 아주 깊다. 개에게 불성佛性이 없다고 한 중국의 조주 스님이 원망스러울 정도다. 보현이는 문수를 보자마자 애처로운 듯 녀석이 낮에 먹었던 먹이를 토해 주었다. 지금까지 무얼 먹고 한 번도 토해 본 적이 없는 보현이었다. 그런데도 보현이는 자신의 한 끼를 내어 주며 문수를 맞아들였다. 문수는 보현이를 새엄마처럼 따른다.

무서워하지 않고 보현이에게 꼬리를 무는 등 장난도 친다. 그러나 문수가 겁도 없이 멀리 가려고 하면 보현이는 위엄을 보이며 컹컹 짖는다. 그러면 문수는 꼬리를 흔들며 보현이에게 되돌아간다.

어젯밤 자정 무렵에는 두 녀석이 궁금하여 손전등을 켜들고 나가보니 보현이가 문수를 품안에 안은 채 늠름한 모습으로 앉아 있었다. 한없이 사랑스런 모습이었다. 보현이는 문수뿐만 아니라 내 산중 처소 전체를 안고 있다는 느낌이 들게 했다. 더운 여름날 밤에 문을 열고 달콤하게 잘 수 있는 것은 보현이가 수고하고 있기 때문이다.

그리운 태백산

어느새 처소 둘레에는 나무가 많아졌다. 모두 일 년 사이에 심은 나무로서 감나무, 대추나무, 후박나무, 산수유, 모과나무, 해당화, 목련, 단풍나무, 대나무, 소나무 등이다. 이 중에서 내가 가장 애정을 느끼는 나무는 태백산에서 이사 온 소나무이다. 이 소나무는 경북 봉화에 사는 농부 김석윤 씨가 심고 간 것인데, 그때의 정경이 너무 경건하여 애기하지 않을 수가 없다.

이 소나무는 태백산 1,300미터 고지에서 자라던 적송으로 키가 2미터인 것에 비해 박토에서 자란 탓으로 왜소하지만, 나이는 마흔 몇 살이나 된다고 한다. 내 나이와 비교하면 동생뻘이지만 소나무로 치자면 장년에 해당된단다. 당시 농부 김씨는 면사무소에 신고하고 소나무를 캐어 가져왔다는데, 명분을 '동서

화합'이라고 했단다. 그러자 면사무소 직원이 면사무소 뜰에 잘 생긴 소나무가 있으니 그것을 가져가라고 했다면서 김씨는 너털웃음을 지었다. 동서화합이라는 말을 정치인이 했다면 귀가 간지러워 웃었겠지만 시골 민초가 하는 얘기여서 감동이 인다.

김씨가 소나무를 심는 모습은 참으로 경건했다. 식물의 마음을 아는 농부가 아니면 흉내낼 수 없는 모습이었다. 그는 구덩이를 파고 나서 가져온 나침반으로 방향을 알아본 뒤, 태백산에서 소나무가 자라던 대로 앉혀 묻었다. 환경이 달라졌지만 가지마다 햇볕을 받는 양이 비슷해야 후유증이 적을 거라는 세심한 배려에서였다. 작업이 끝나자 김씨는 소나무에게 부디 건강하게 잘 자라라고 두 손을 모아 합장했다. 나무에게 합장하고 절을 할 정도이니 그의 정성은 말이 더 필요 없었다.

소나무가 옮겨지는 것을 보고 있자니 새로운 환경에 적응하지 못했던 어린 시절이 생각난다. 초등학교 때 전학을 세 번이나 하여 학교에 정을 붙이지 못하고 추억도 만들지 못한 나는 지금도 어느 초등학교 출신인지 망설여지고 내가 몇 회 졸업생인지 누구와 놀았는지조차 기억나지 않는 것이다.

오늘도 나는 눈을 뜨자마자 소나무에게 가까이 다가가 밤새 잘 잤는지 궁금하여 안부를 물었다. 그러면 아직은 작지만 푸른 새잎들이 '걱정하지 마세요, 잘 크고 있어요' 하고 응답해 준다. 가만히 생각해 보니 태백산이 이불재에 왔다는 느낌도 든다. 한 그루 소나무에서 태백산을 만나고 있는 것이다. 한 그루 소나무에서 태백산의 암자들이, 그곳의 이야기들이 떠오른다. 입적하신 일타 스님이 처절하기 수행했던 도솔암, 비구니 지정 스님이 계시던 백련암, 백련암에서 수제비라도 끓이는 날이면 목탁을 쳐서 험한 산등성이 너머의 도솔암 스님을 불러 수제비 한 그릇을 나누어 먹었다는 이야기가. 지정 스님의 건강을 염려한 제자가 사온 라면을 기름 든 음식이라 하여 먹지도 버리지도 못하고 두었는데, 제자가 4년 단에 다시 찾아와 보니 그 라면이 부엌 선반에 얹어 두었던 처음 모양 그대로 삭아 있었다는 이야기가.

몇 년 전 내 책을 도솔암 마루에 놓고 온 적이 있는데, 그 답례로 편지지가 없어 지난 달력 뒷장에 사연을 적어 보내준 일타 스님의 제자인 그 스님은 지금 어디에서 수행하고 있는지.

아, 그립고 또 그립다. 태백산에 다시 가고 싶다.

연못에 떨어지는 물소리를 들으며

밤이면 일부러 창을 열어 놓고 귀를 쫑긋 세운다. 연못에 떨어지는 물소리를 듣기 위해서다. 어느 어른께서 다녀가시면서 연못에 물 대는 호스를 대나무로 바꾸라고 해서 서까래 용도의 삼나무에 홈을 파 설치해 놓으니 운치가 그만이다. 삼나무 홈통을 선물한 차밭 주인에게 다시 고마움을 느낀다. 일찍이 경봉 스님은 물에 대해서 다음과 같이 깊이 명상하신 적이 있다.

사람과 만물을 살려 주는 것은 물이다.

갈 길을 찾아 쉬지 않고 나아가는 것은 물이다.

어려운 굽이를 만날수록 더욱 힘을 내는 것은 물이다.

맑고 깨끗하며 모든 더러운 것을 씻어 주는 물이다.

넓고 깊은 바다를 이루어

많은 고기와 식물을 살리고 되돌아가는 이슬비.

사람도 이 물과 같이 우주 만물에 이익을 주어야 한다.

그렇다. 물소리는 가슴을 촉촉하게 적셔 주어 더없이 좋기도 하지만 그것보다 나는 물소리를 들으며 '갈 길을 찾아 쉬지 않고 나아가는' 물의 성품에서 힘을 얻고, '어려운 굽이를 만날수록 더욱 힘을 내는' 물에서 위안 받고 또다시 시작하며 다짐을 해 보게 된다.

이제 연못은 어느 정도 모습을 갖추고 있다. 재작년 늦가을에 쓴 일기를 보니 그런 생각이 더 든다. 일기의 첫머리에 '드디어' 하고 스스로 감탄을 자아내고 있어 쑥스럽기도 하다.

드디어 연못을 파다. 계곡 물을 호스를 이용하여 연못에 흘려 넣는데 물 떨어지는 소리가 환상적이다. 밤에는 손전등을 켜 들고 나가 연못에 물이 고이는 것을 즐기다. 농부의 연못에서 연뿌리를 얻어와 봄에는 심을 수 있을 것이다. 마을 사람들이 연못을 감상하고 오가는 손님들이 연꽃 향기를 맡는다고 생각하니 좋은 글을 쓴 것처럼 기쁘다. 내가 만든 연못이지만 이미 그것은 내 것이 아니다. 내년 여름쯤에는 개구리도 제집처럼 뛰어들어 한자리 차지할 것이다.

　연못을 다시 보니 그때 짐작이 조금 빗나간 부분도 있다. 농부에게 연 뿌리를 얻으려 했으나 여의치 않아 수련 뿌리를 심고 말았으며, 개구리들이 여름에 뛰어들 것으로 생각했는데 사실은 가장 먼저 연못가에서 동면을 한 후 이른 봄에 알을 수없이 까놓아 이제는 개구리 나라가 돼 버렸다. 앞으로는 개구리들이 자신들의 터전이라고 기득권을 주장해도 어쩔 수 없다. 연못에는 올챙이 떼가 유유히 휘젓고 다닌다. 만약 연못의 대표를 뽑는다면 대식구가 될 개구리 대표로 당선될 확률이 높다.

　이처럼 한가하게 얘기를 펼쳐 놓고 보니 저잣거리에 계신 분들께 미안한 마음이 든다. 삶의 무게에 짓눌려 힘들어 하는 분들에게 사치를 부리고 있는 것 같아서이다. 그러나 소소한 것들에 눈길을 주고 관심을 보내면 그들이 어느새 정겨워지고 자신에게 위안을 주는 가족이 된다는 사실을 경험해 볼 일이 아닌가 싶다.

꽃 도반들

밤새 비가 내린 모양이다. 처소 옆에 흐르는 개울물 소리가 크다. 멀리서 손님이 왔다면 아마도 개울물 소리에 선잠을 깨고 말았을 것이다. 그러나 내 귀에는 낙숫물 소리와 개울물 소리가 자장가처럼 들린다. 비는 아직도 내리고 있다. 가랑비보다 가는 비를 는개라고 한다. 지금 내리고 있는 비는 는개다. 나는 는개를 맞으며 강아지처럼 처소를 한 바퀴 돌기를 좋아한다.

처소 앞뒤에는 흰 싸락눈이 내린 듯 개망초꽃이 한창이다. 조촐하게 핀 개망초꽃을 보면서 상념에 잠긴다. 마당에 자라는 잡초를 그대로 둘 것인지 뽑을 것인지는 주인이 선택해야 한다. 나는 마당을 사람의 마음처럼 생각하여 번뇌와 같은 잡초를 뽑자는 입장이다. 마음은 늘 티 없이 맑고 청정해야 하니까. 내 처소 마당에서 봄부터 지금까지 가장 많이 뽑힌 잡초는 아마도 개망초일 것이다. 그러나 지금 생각해 보니 뽑지 않았어도 좋았을 것 같다. 그랬더라면 지금쯤 산중의 마당은 개망초꽃이 만개한 작은 화원이 되어 있을 테니까. 그러고 보니 나를 외눈박이로 만든 것은 놀랍게도 바로 내 자신의 고정관념이 아니었나 싶다.

도라지꽃을 보면 먼저 민요가락이 떠오른다. '심심산천에 백도라지~' 그렇다. 도라지꽃은 보라색과 흰색이 있는데, 전해 오는 민요 가사처럼 단연 흰색 꽃을 피우는 백도라지가 정갈하고 우아함에 있어서 으뜸인 것 같다. 봉숭아꽃도 농부의 말을 들어 보니 미처 알지 못했던 상식이 하나 더 는다. 한국인이라면 누구라도 '울 밑에 선 봉숭아야~' 하는 노래를 처량한 마음으로 한 번쯤 불러 보았을 것이다. 그런데 하필이면 왜 '울 밑에 선 봉숭아'일까 하고 나는 어린 시절에 늘 의문을 품었었다. 오래된 나의 의문에 대한 농부의 답변은 의외로 싱겁다.

"뱀이 마당으로 넘어 오지 말라고 봉숭아를 울 밑에 심은 거지요. 뱀이 봉숭아를 아주 싫어하니까요."

부부의 금실을 좋게 한다는 자귀나무 꽃도 공작새의 깃털에 새겨진 둥근 무늬처럼 우아하다. 자귀나무가 부부의 금실을 상징하는 것은 내가 관찰한 바로는 좌우로 펼쳐진 자귀나무 잎이 밤에는 서로 한 이불에 드는 부부처럼 오므라지기 때문일 것 같은데, 또 전해지는 이야기가 있는지 모르겠다. 내 처소에서 또 빼놓을 수 없는 야생화는 원추리와 붓꽃이다. 두 꽃은 모두 비가 잦은 장마 때부터 정확히 피기 시작하기 때문에 나는 이들을 내 처소의 기상예보관으로 임명하기로 했다. 장마를 알리는 데는 원추리보다 붓꽃의 예보가 더 정확한 것 같다. 아마도 붓꽃이 창포처럼 습한 기운을 좋아하기 때문이 아닐까.

이 밖에도 연보라색의 비비추꽃은 지금 지고 있는 중이며, 빛에 예민한 달맞이꽃은 는개를 맞아 더욱 촉촉하게 피어 있다. 엊그제 아래 절 스님에게 들은 여긴데 밤에 스님은 손전등을 들고 달맞이꽃과 장난을 친다고 한다. 손전등 불빛을 보면 놀라서 새가 날갯짓하는 소리를 내며 오므렸던 봉오리를 활짝 터뜨린단다. 꽃과 장난하는 스님 모습을 떠올려 보는 것만도 웃음이 나온다. 정겹다. 나비가 비를 맞으며 힘겹게 날다가 원추리 꽃에 앉아 있다. 나도 밥 삼아 글을 쓰고 있고, 나비란 녀석도 먹이를 얻고자 비를 맞으며 일하고 있는 모습이다. 지금 내 눈에는 저 나비가 꽃을 희롱하는 낭만적인 나비로 보이지 않는다. 삶의 무게가 힘든 인생으로 보인다. 나가 나비인가? 나비가 나인가?

산중 가족들의 여름나기

잠깐 동안 산뜻하게 내리는 비는 반갑지만 지나친 비는 고맙지 않다. 무엇이든 과하면 모자람만 같지 못하다는 말이 옳다. 경남 일대의 논밭이 침수되는 등 접하는 소식마다 우울하다. 마음까지 비를 맞은 듯 축축해진 것 같아 며칠간 외출을 하고 돌아와 보니 처소 주변도 많이 흐트러져 있다.

장화를 신고 뒷밭으로 가보니 수박은 꼭지가 떨어져 나뒹굴고 있다. 수박 잎에 병이 와 햇볕이 날 때까지 그대로 놓아 둘 작정이었는데, 제 무게를 이기지 못하고 꼭지가 떨어져 있다. 결과적으로 올해는 한 덩이도 먹지 못하게 되었다. 감자에 이어 두 번째 실패작이다. 그래도 왜 실패했는지를 알았으니 농사 입문하는 데 등록금을 낸 셈이다. 오이는 단 한 그루 살아남았는데 열매를 주렁주렁 매달고 있다. 내년에도 살아남으려는 생명에의 의지가 남다른, 조금은 엉큼하게 보이는 오이다. 고구마는 잎이 무성한데 어떨지 모르겠다. 작년 경험인데, 드러난 잎이 성할수록 뿌리가 부실하였으므로 미덥지 않다. 알맹이가 실하지 못하고, 허풍이 과한 사람과 비슷하였던 것이다.

처소를 비운 며칠 동안 잡초는 몇 배 더 무성하다. 축대 위의 박 넝쿨은 동백나무와 앵두나무까지 뻗어 나뭇잎들을 숨 막히게 하고 있고, 밭 입구의 매화나무 새 가지들은 풀 넝쿨에 친친 감겨 있다. 고추도 지난 비에 붉게 익다 말고 땅에 떨어져 있다. 다행히 아버지께서 나머지 붉은 고추들을 따다 무염산방에 장작불을 들어 말리고 있다. 산방에는 온돌 열기와 매운 고추 냄새 때문에 화생방 훈련장 같다.

군대를 가본 이들은 알겠지만 가장 꺼리는 훈련 가운데 하나가 화생방 훈련이다. 최루탄 가스가 자욱한 방에 처음에는 방독면을 쓰고 들어가지만 훈련 조교의 구령이 떨어지면 방독면을 벗어야 한다. 그때부터 고춧가루 냄새가 코와 눈과 살갗을 파고 들어 견딜 수 없게 된다. 공포가 극에 달한다. 그러고만 있으면 그나마 다행이다. 조교는 입을 크게 벌려 군가까지 부르게 한다.

계곡에서 연못으로 이은 호스도 모래로 막혔는지 물줄기가 시원치 않다. 계곡 물이 넘쳐 나면서 흘러든 모래가 호스 입구를 타고 들어와 중간 부분을 막아버린 탓이다. 하수도 뚫는 이를 도시에서 불러 호스 중간을 잘라 보니 과연 모래가 순대 속처럼 꽉 차 있다. 모래를 털고 물을 다시 대 보니 이제는 땅에 묻힌 부분이 문제다. 그곳에도 모래가 차 있음이 분명하다.

그러나 뭐니 뭐니 해도 가장 가슴 아픈 것은 이불재의 노신사라 불리던 단풍나무가 시름시름 앓고 있는 것이다. 지난 비바람에 뿌리가 들려 고사한 잎들이 다 떨어지고 이제 한두 가지의 잎들만 힘겹게 생존투쟁을 벌이고 있다. 얼마나 바람에 부대꼈는지 버팀대와 나무를 묶은 고무 밴드가 헐거워졌거나 아예 끊어지고 말았다. 다시 밧줄로 감고 버팀대를 바로잡아 주었지만 이제는 더 이상 손쓸 방도가 없고 나무의 자생력을 기다려보는 수밖에 없다. 아래 절 스님은 나그네를 위로한다.

"경내 단풍나무도 잎이 다 떨어져 벨까 말까 망설이다 한 해가 지났는데 푸른 잎이 돋습디다. 그러니 내년 봄에 다시 싹을 틔울지 모르니 지켜봅시다."

제발 다시 기운 차리기를 학수고대해 본다. 잔별처럼 생긴 잎도 아름답거니와 바람이 불 때마다 단풍나무의 잔가지들은 하늘 나라 비천의 옷자락처럼 펄럭였던 것이다.

가랑비 오는 날에 책을 읽다

가랑비가 새벽 4시쯤부터 내리고 있다. 가랑비 소리에 뒤척이다가 아래 절에서 들려오는 새벽 범종 소리에 일어나 날이 밝을 때까지 책을 읽고 있는 중이다. 촉촉이 젖은 마당으로 나가 기지개를 켜 본다. 이때 정신을 맑게 씻어 주는 산중 가족들이 있다. 꽃, 새벽 별, 연못에 떨어지는 개울물 소리 등이다. 그 중에도 날씨에 따라 눈길을 붙잡는 게 다르다. 별이 숨어 버린 비 오는 날에는 꽃이 제일 먼저 눈에 띤다.

오늘은 돌확에 심어 놓은 개연을 먼저 본다. 윗마을 농부의 연못에서 두어 뿌리 얻어 와 심었는데, 어느새 아주 작은 노란 꽃을 피웠다. 개연도 수련과에 속하는 꽃이다. 그런데 꽃이름 앞에 붙어 있는 '개' 자는 개울이나 강가에서 흔하게 볼 수 있는, 말하자면 귀하지 않다는 뜻의 접두사다. 그러나 나에게는 개연도 소중한 친구로 올여름에 새로 사귄 꽃이다. 꽃은 누구나 마음의 문을 열게 한다. 어떤 꽃이든 그 미소의 매력과 울림은 같다.

미국과 프랑스를 오가며 가르침을 펴온 수행승이자 명상가인 틱낫한은 사람도 미소 짓는 순간에는 붓다이자 한 송이 꽃이라고 말한다. 전적으로 동감이다. 그의 책 《틱낫한의 평화로움》은 첫 장부터 내내 미소 짓게 한다. 우리로 하여금 한순간이나마 붓다가 되게 해 준다. 그는 오랜 명상 끝에 깨달은 '미소의 힘'을 이야기하고 있다. 그는 슬픔으로 괴로워하는 한 여인에게 슬픔에게도 미소를 보낼 수 있어야 한다고 충고한다. 인간은 슬픔 이상의 존재라는 것이다.

이 순간을 깊이 명상한다면 세상은 더없이 미소 지을 만한 곳이다. 삶은 고통의 그늘로 막막하고 어둡지만 또한 푸른 하늘, 햇빛, 아이의 눈과 같은 경이로움의 빛으로 눈부시다. 그가 사람들에게 명상을 권유하는 것도 궁극에는 미소를 짓게 하기 위해서다. 자기 자신에게 돌아가 주인이 되어 있음을 깨닫게 하기 위해서다. 그는 세상의 경이로움을 이렇게 표현하고 있다.

'그대가 꽃과 나무에 물을 줄 때 그것은 지구 전체에 물을 주는 것이다. 꽃과 나무에 말을 거는 것은 그대 자신에게 말을 거는 것이다. 우리는 이 세상의 모든 것들과 연결되어 있다. 우리

는 무수한 시간 동안 함께 존재해 왔다.'

불교의 연기, 즉 생태학의 상호의존성을 명상의 언어로 얘기하고 있는데, 눈에 번쩍 띄는 구절이다. 종소리, 도토리, 풀벌레 등 세상 만물은 우리와 한 몸이기에 그것들은 내가 누구인지 깨닫게 하고, 진정한 평화와 행복을 명상케 하는 스승이 된다.

그런데 우리는 경이로운 지금이 아닌 먼 미래에 살려고 노력한다. 자신이 아닌 다른 무엇이 되려고 원한다. 어쩌면 우리는 전 생애에 걸쳐 단 한 번도 '진정한 나' 인 순간을 경험하지 못할지도 모른다. 그릇을 씻는 순간에는 온전히 그릇만 씻으면 그만큼 행복해질 텐데.

나를 미소 짓게 했던 틱낫한의 말을 다시 음미해 본다. 어떤 교훈적인 구절보다 마음에 와 닿았다. 그는 아이들에게 그들의 부모가 이해심 깊고 사랑이 넘치며 열심히 일하고 꽃처럼 아름답게 미소 지으며 가족을 돌볼 때 이렇게 말하라고 얘기한다.

"엄마(아빠)는 오늘 하루 붓다였어요."

여름날의 수행

이른 아침부터 가랑비가 내리고 있다. 그래도 나는 비를 맞으며 산중 처소를 한 바퀴 돈다. 처소 주위에 있는 유무정물들과 눈인사를 나누는 것이 나의 일과 시작이다. 아무래도 눈에 먼저 들어오는 것이 꽃들이다. 배롱나무 꽃들은 말복을 갓 지난 지금이 절정이고, 옥잠화는 옥비녀 같은 길고 흰 꽃들을 막 피워내고 있다.

배롱나무 꽃을 보니 모기들의 기세도 이제 수그러들 때가 된 것 같다. 처서가 지나면 모기 입이 삐뚤어져 물어도 아프지 않다는 것이 산중 촌로들의 얘기다. 불가佛家의 수행자들은 옥잠화를 해탈꽃이라고 부른다. 여름철 정진기간〔夏安居〕이 끝나는 백중을 전후해서 피어나기 때문이다.

옥잠화를 보고 있자니 마음공부가 수행자들만의 전유물이 아니라는 생각이 든다. 나도 서울 생활을 청산하고 내려온 이후 내 산중 처소를 벗어나 본 적이 오래이다. 한 철이 아니라 몇 년째 나를 가둬두고 있는 셈이다. 나는 작가가 작품을 창작하는 것도 고행이라고 생각한다. 요즘은 한 생을 참 멋들어지게 산 조광조와 화순 출신의 선비 이야기를 화순군 홈페이지에 연재하고 있는데 벌써 8개월이란 시간이 흘렀다.

서울에서 지인들로부터 걸려온 전화 통화 내용 중에 빠지지 않는 것이 하나 있다. 서울에 한번 올라오지 않느냐는 물음이다. 요즘은 한 가지를 더 추가하여 묻는다. "여름을 어떻게 보내고 있습니까?" 그러면 나는 한 발짝도 움직이지 않고 가만히 지낸다고 말한다. 그렇게 있으면 실제로 잠자는 것 같던 바람이 느껴지고, 달콤하기조차 한 옥잠화 향기가 마음에 충만을 안겨준다.

한도인閑道人이란 말이 있다. 우리말로 풀자면 한가한 도인, 자유인을 말한다. 말 그대로 도인이란 할 일 없는 한가한 사람인가? 그렇지 않다. 시비에 집착하지 않기 때문에 겉으로 드러난 모습이 자유롭게 보일 뿐 내면적으로는 순간순간을 허투루 살지 않는 누구보다 바쁜 사람이다.

수행이란 거창한 것이 아니다. 이처럼 더위가 기승을 부릴 때는 그저 움직이지 않고 고요히 자기를 돌아보는 것만도 훌륭한 수행이라고 믿는다. 더우면 더위 속으로 들어가라는 금언도 사실은 더위를 핑계 삼아 있는 그 자리를 떠나지 말라는 뜻이 아닐까.

다행히 빗발이 멎어 산중 처소를 떠나 오솔길을 오르는데 꿩들이 소리치며 날아오른다. 꿩들이 먹을 것이 궁했나 보다. 고추밭에 내려와 매운 고추까지 따먹고 있다.

가을

잉걸불에 고구마를 구워 먹으며

배가 고파서 고구마를 구워 먹는 것은 아니다.
잉걸불에 몸을 쬐는 것도 드러누울 방이 없어 그런 게 아니다.
누구에게 이끌려 가지 않고 자기 자신으로 돌아와
조촐한 시간을 누리는 게 좋을 따름이다.

고구마를 보고 깨닫는다

점심을 먹고 난 후 손님 두 분이 찾아와 밭에서 캔 고구마를 한 바구니씩 비닐봉지에 담아 드렸다. 밭에는 아직도 미처 캐지 못한 고구마가 한 두둑 남아 있다. 올해 고구마 수확은 성공이다. 멧돼지 피해도 없었고, 창고에는 이미 두 가마나 저장되어 있다.

농사꾼 일 년차였던 작년에는 경험 부족으로 실패했었다. 작년 이맘때쯤의 일이다. 고구마 줄기와 잎이 무성하여 크게 기대하고 삽질을 했는데, 땅 속에서 드러난 고구마는 실망 그 자체였다. 힘 들여 두둑을 파헤쳐 보지만 못생기고 부실한 고구마만 나올 뿐이었다. 고구마는 말 그대로 허장성세였다. 겉모습은 근사한데 보이지 않는 부분은 빈약하기 짝이 없었다. 사람도 마찬가지다. 겉이 번지르르하면 대개는 속이 비어 있다. 서리를 이겨낸 가을배추 속처럼 꽉 차 있지 않다.

작년의 실패를 거울삼아 올해는 고구마 잎과 줄기를 자주 쳐 주었다. 어머니 친구분을 산중으로 초대하여 반찬거리로 줄기를 한 보따리씩 끊어 가시게도 했다. 잎들은 퇴비로 저축하고, 줄기는 껍질을 벗긴 뒤 살짝 데쳐 된장에 버무려 반찬으로 먹었다. 이처럼 잎과 줄기를 잘 단속해 주니 올해 고구마는 참했다.

군고구마를 먹을 때면 나도 영락없이 중국의 나찬 선사처럼 꾀죄죄한 몰골이 되고 만다. 몰골만 그렇다는 것이니 오해 없기를 바란다. 나찬은 당 현종 때의 선승이었다. 그는 남악 형산의 초막에서 살았다. 현종은 그의 깊은 도력을 흠모하여 장안으로 들어와 설법해 주기를 바랐다. 그리하여 칙사를 남악 형산으로 보냈다. 칙사는 나찬의 초암을 찾았는데, 그때 나찬은 마당가에서 쇠똥으로 지핀 불에 고구마를 구워 먹고 있었다. 칙사가 옆에 서 있는 줄도 모르고 그는 침을 입가에 흘리며 뜨거운 고구마를 호호 불어가며 먹고 있었다. 장안에서 부귀영화를 누리는 권승權僧만 보아왔던 칙사는 나찬의 천진한 모습에 감격하여 말했다.

"선사시여, 필요한 것이 무엇입니까? 황제께 말씀드려 모두 다 해결해 드리겠습니다."

그제야 칙사의 무리를 물끄러미 바라본 나찬이 한마디했다.

"그렇다면 그대가 서 있는 그 자리를 비켜 주시겠소. 그대는 나의 햇볕을 막고 서 있소이다."

알렉산더 대왕이 낡은 램프를 들고 다니던 철인 디오게네스를 찾아갔을 때 디오게네스가 햇볕을 죄게 비켜 달라고 했던 고사와 너무도 흡사하다. 당 현종의 칙사나 알렉산더 대왕은 온몸으로 사는 그들에게는 초대받지 않은 틈청객이었던 것이다.

며칠 전부터 아궁이에 불을 지피고 나서 고구마를 구워 먹곤했다. 고구마는 불이 활활 탈 때보다는 숯이 되기 전 잉걸불 속에 묻어야 고소하게 구워진다. 잉걸불에 등짝과 사타구니를 바꿔가며 쬐는 동작에도 나는 정신을 판다. 등짝은 뜨시고 사타구니는 얼얼하다.

물론 배가 고파서 고구마를 구워 먹는 것은 아니다. 잉걸불에

몸을 쬐는 것도 드러누울 방이 없어 그런 게 아니다. 누구에게 이끌려 가지 않고 자기 자신으로 돌아와 조촐한 시간을 누리는 게 좋을 따름이다.

나찬 선사는 '기래끽반 곤래즉면饑來喫飯 困來卽眠'이란 유명한 말을 남겼다. 배고프면 밥 먹고 졸리면 잠잔다는 뜻이다. 내 식대로 풀자면 밥 먹을 때는 온전히 밥만 먹고, 잠이 올 때는 온전히 잠만 잔다는 말이다. 이게 어디 쉬운 경지인가. 밥 먹을 때도 온갖 계산으로 머릿속은 복잡하고, 잠잘 때도 이런저런 잡념으로 잠을 이루지 못하는 것이 우리들의 자화상이 아닌가. 자신의 삶을 남김 없이 체험하지 못하고, 남의 삶을 기웃거리는 이가 우리들인 것이다. 얼마나 우습고 어리석은 일인가.

산중에서 고구마 하나를 가지고 나까지 나서서 소란스러운 세상에 말을 보태고 말았다. 입 다물고 선 억새꽃이 눈부신 가을날 오후다.

까다로운 고추와 뚝심 좋은 호박

올해 고추 수확은 이웃 농가보다 한두 주일이 늦었다. 고추가 빨갛게 익어 가는 모습을 한가하게 구경만 하는 동안 농부들은 서둘러 고추를 따다가 산길에 널곤 했던 것이다. 내가 집을 비운 사이에 어머니께서 고추를 따지 않았더라면 잦은 비에 상당한 피해를 입었을 것이 틀림없다 농사꾼이 되려면 눈치도 빨라야 한다는 것을 깨닫는다.

고추 수확이 한 번에 끝나는 것은 아니다. 붉게 익은 것만을 가려 따다가 말려야 하기 때문에 서너 차례는 더 손이 바빠진다. 이틀 전에도 며칠 전에 수확한 고추를 평상에 널어놓고 말리는데, 갑자기 비가 내려 비닐을 씌웠다. 그런데 하마터면 애써 딴 고추를 말리기도 전에 다 썩혀 버릴 뻔했다. 뉴스나 일기

예보를 잘 듣지 않는 탓에 다음 날까지 비가 온다는 사실을 모르고 있었던 것이다. 하늘이 어둑어둑해지고서야 예감이 이상하여 비닐을 슬쩍 걷어 보니 고추 한쪽이 물렁물렁해지고 벌써 검게 변해 있었다. 비를 맞으며 큰 플라스틱 바구니에 고추를 담아 아궁이 방에 널어놓고 나니 안심이 되었다. 초가을 방인데도 뜨끈뜨끈하게 불을 넣었다. 아궁이가 동쪽에 있고 굴뚝이 서쪽에 선 까닭에 초가을 태풍에도 연기는 폴폴 잘 솟아 준다.

이런 일상을 겪으면서 느낀 게 하나 있다. 유비무환. 왠지 진부하고 곰팡내를 풍기는 듯한 단어지만 삶의 지혜 중 하나라는 것은 분명하다. 내일 날씨는 괜찮겠지 하고 평상에 비닐로 덮은 고추를 그대로 두었더라면 아마도 다 망치고 말았으리라. 지금 이 순간의 일을 미룬다는 것은 지금 이 순간을 살지 않은 것과 마찬가지이다. 얼마나 순간에 충실한 삶을 살아왔는지 자신을 되돌아보지 않을 수 없다. 순간에 충실한 삶이란 온전한 자기 자신으로 돌아가는 길이기도 하니 그 의미는 더욱 깊어진다.

삼십여 년 전에 대학을 갓 졸업하고 문경 봉암사를 찾아간 적이 있다. 얼마 전에 입적하신 서암 스님께서 조실로 계실 때였다. 서암 스님을 뵈러 간 것은 아니었지만 밤에 조실 방으로 올라가 이런저런 말씀을 들었다. 조실스님의 노안에는 봉암사의 고즈넉한 분위기가 배어 있었다. 조계종 특별선원으로 지정된 지금의 봉암사는 '특별' 자가 붙은 선원답게 엄격하기도 하고 냉

랭한 기운이 감돌지만, 그때는 절 입구에 누런 어미 소가 한가로이 풀을 뜯고 절을 경계 짓는 철문도 없었다. 밭에서 감자를 캐는 스님들의 모습도 훤히 드러나 보였다.

나는 조실스님의 말씀을 할아버지가 손자에게 들려주는 이야기인 듯 편안하게 들었다. 너무 오래되어 스님의 말씀들을 다 기억할 수는 없지만 원심분리기에 넣고 돌린다면 아마도 이 한마디가 남지 않을까 싶다.

'현전일념現前一念하라.'

오늘은 그 말씀이 순간에 충실하라는 의미로 다가온다. 현전은 눈앞이고 일념은 짧은 순간이니 눈앞의 한순간 한순간에 집중해서 살라는 뜻으로 받아들여진다. 젊은 그때는 '최선을 다해 살라' 정도로 가볍게 여겼었다.

고추 얘기가 너무 사변으로 흐른 느낌이다. 사변은 내가 가장 싫어하는 단어이기도 하다. 이럴 때는 연못을 한 바퀴 돌거나 밭으로 나간다. 연못을 도는 것은 연못에 핀 수련을 보고 있으면 잡념이 가시기 때문이다. 수련이 한창 무리 지어 피어날 때는 연못이 환했는데, 지금은 서너 송이만 피어 지난여름의 흔적처럼 남아 있다. 무씨와 배추씨를 뿌린 지 보름이 된 밭두둑은 잎이 제법 자라 푸르다. 어찌된 일인지 무는 잘 자라는데 배추는 벌써 병치레를 하고 있다. 건강미가 넘쳐흐르는 땅콩 잎은 무성하다. 참을 수 없이 궁금하여 한 뿌리 캐 보았더니 땅콩 한 개가 따라 나온다. 누에고치처럼 생긴 껍질을 까 보니 땅콩 알이 여물고 있는 중이다.

올해 호박 농사는 풍년이라 할 만하다. 호박국을 수시로 끓여 먹고도 친척이나 친구더러 가져가게 하고 아내가 내려오면 서울 집으로 보내기도 했다. 물론 호박씨를 얻을 셈으로 남겨둔 호박도 있다. 대문 앞에 있는 호박인데 의자 같은 받침대 위에서 꿈쩍 않는 녀석을 보면 엉덩이가 무거운 절구통이 생각난다. 녀석은 묵묵히 앉아 버티는 것이 장기인 모양이다. 자신의 몸에 씨를 가득 남기기 위해 움직이지 않고 제자리를 지키고 있다. 저 뚝심 좋은 호박을 닮고 싶다.

잘 커준 감나무야, 나도 고맙다

밭으로 가다가도 밭머리에 선 감나무를 보면 걸음이 멈춰진
다. 감이 어찌나 많이 열렸는지 잔가지들이 일제히 땅 쪽으로
휘어져 있다. 생가지가 찢어질까 봐 버팀대를 했지만 역부족이
다. 맨 끝의 잔가지들은 아예 감의 무게를 이기지 못하고 산골
아낙네가 머리를 푼 것처럼 땅에 닿아 있다. 내 산중 처소를 찾
은 어떤 손님은 감나무가 인사하는 것 같다고 말한 적이 있다.
틀린 말이 아니다. 감나무가 내게 고마움을 표시하고 싶어 그런
지도 모른다. 원래 감나무 주변은 가시덤불 천지였는데 내가 낫
과 괭이로 말끔하게 정리해 주었던 것이다.

물론 감나무 둘레를 손봐 준 첫해부터 감이 주렁주렁 열렸던
것은 아니다. 작년에 이어 올봄에도 잘 썩힌 퇴비를 듬뿍 묻어

주었더니 풍작의 감나무가 된 것이다. 감나무는 자신의 뿌리를 튼튼하게 돌봐 준 내게 보은을 하고 있는 셈이다. 손에 흙을 묻혀 보면 땅과 식물이 정직하다는 것을 곧 발견하게 된다. 그래서 나는 외로운 산중에 내 육신과 혼을 씨감자처럼 묻고 산다.

지금 내가 할 작업은 벌어진 배추 잎을 짚으로 묶는 일이다. 배춧속을 통통하게 불리려면 지금 묶어야 한다. 그렇게 하지 않으면 배추 잎들이 겉이나 속이나 제멋대로 자라나 속이 차지 않게 된다. 사람도 마찬가지다. 자기 질서라는 끈으로 자신을 다스리지 않으면 나날이 성숙해져야 할 내면이 얕아지거나 부실해지고 만다.

짚은 오늘 아침에 산책 삼아 서원터 쪽으로 나갔다가 부산댁 논에서 얻어온 것이다. 우선 한 단을 먼저 들고 왔다. 당장은 배추 잎을 묶는 데 한 단이 들 것이고, 겨울을 나려면 적어도 다섯 단 정도는 더 필요할 것이다. 한겨울에 가스를 얼리지 않으려면 가스통을 두르는 데 두 단이 들고 나머지는 추위를 잘 타는 동백나무 밑동을 싸 주고 파초 그루터기를 덮어 줘야 하기 때문이다.

농부들에게는 요즘이 가장 바쁜 때이다. 벼는 물론이고 콩이나 고구마도 거두는 적기가 있어서다. 나는 논농사를 짓지 않기 때문에 그런대로 한가한 편이다. 더덕과 도라지는 심은 지 2년을 넘기는 내년에, 콩과 땅콩 및 고구마는 무서리를 한두 번 맞힌 후 캘 예정이다. 한기寒氣가 밸수록 더욱더 푸르러지는 무와 배추 잎을 보면 왠지 기분이 좋다. 지난 초가을까지 비가 자주 내려 어린 무와 배추의 뿌리가 썩은 탓에 밭두둑에서 반쯤은 사라지고 말았지만 살아남은 녀석들은 활기차고 씩씩하다. 어느 정도까지만 애정을 주면 돌봐주는 이의 진심을 알아차리고 제 스스로 강해지는 것이 밭의 작물이 아닐까 싶다.

배추를 볼 때마다 아래 절 스님에게 들었던 얘기 한 토막도 잊혀지지 않는다. 어느 날 서원터 마을로 산책을 나갔는데, 낯익은 꼬부랑 할머니가 배추 포기를 머리에 이고 의병 훈련터가 있는 윗마을로 가더란다. 스님이 왜 힘들게 배추를 이고 가느냐고 묻자, 올해는 무만 심은 동생이 생각나 목에 배추쌈이 넘어가지 않는다고 대답하더란다. 삼국유사에나 나올 법한 옛이야기를 지금도 들을 수 있는 이 산중이 얼마나 넉넉하고 훈훈한지 다시금 정복淨福을 느낀다.

벌써 불당에 마지를 올리는 사시巳時가 된 모양이다. 지심귀명례를 외는 스님의 염불소리가 들려온다. 지심귀명례至心歸命禮란 '지극한 마음으로 돌아가다' 란 뜻이다. 몸과 마음을 바친다는 말도 된다. 문득 이 산중의 모든 식구가 말없이 자신이 하는 일에 지심귀명례하고 있다는 마음이 든다. 써늘한 바람에도 위축되지 않고 더욱 푸르러지는 배추나 무도 그러하거니와 산자락의 나뭇잎들도 붉게 단풍 들이는 일에 지극한 마음으로 귀의하고 있다. 나도 함께 그리 되고 싶은 깊은 산중의 가을날이다.

분수를 지키는 산중 가족

　도회지로 나갔다가 장판지 몇 장과 풀을 구하기 위해 한나절 만에 돌아왔다. 지난여름 온돌방을 한 칸 마련했는데, 아궁이에 불을 지필 때마다 연기가 자꾸 새어 나와 방바닥에 검댕이 묻어나서였다. 반나절 동안의 외출인데도 도시에 갔다 오면 몸이 무겁다. 이태 만에 산중 생활에 완전히 적응이 된 모양이다. 산중 처소로 돌아와 바람을 쐬고 나니 도회지에서 묻혀온 때가 씻긴 듯 몸이 개운해진다. 빈집에 청풍이 늘 한자리 차지하고 있다는 게 얼마나 고마운지 모르겠다.

　늦은 점심을 먹고 나서는 뒷산을 한 시간 정도 오르고 내려와 찬물에 몸을 헹군다. 사람이 두 발로 걷는다는 것은 보행 이상의 의미가 있다. 산길을 무심코 걷다 보면 마음을 탁하게 했던 희로애락의 감정은 침전되고 어느새 근원으로 들어가 자기 자신을 들여다보게 된다. 산행할 때마다 나는 순한 개 보현이와 문수를 데리고 다닌다. 개들은 말이 없기 때문에 내 침묵의 산행을 방해하지 않고 오히려 명상거리를 제공해 준다. 외출하면서 녀석들에게 각각 두 끼분의 먹이를 놓고 집을 비웠는데, 식탐이 강한 문수까지도 한 끼분을 남겨 놓고 있었다. 먹이를 줄 때는 다 먹어치울 듯이 덤벼들지만 실제로는 자제한다. 사람들이 '개 같은 놈' 하고 욕하지만 그럴 자격이 있는지 의심스럽다. 겉보기에는 점잖지만 맹수처럼 돌변하여 육식하는 것을 보면 정나미가 떨어지기도 한다.

집 축대 구멍에서 사는 뱀 한 마리는 습한 날이면 내 처소의 토방으로 올라와 똬리를 틀고 몸을 말린다. 나는 뱀에게 아직 이름을 지어 주지 못해서 미안하다. 화엄이라고 지어 줄 생각인데 올해는 이미 늦었다. 녀석이 며칠 전까지만 해도 동면을 준비하느라 슬슬 기어다니더니 요새는 보이지 않는다. 뱀이 집을 떠나지 않는 것은 집 앞에 있는 연못 때문이다. 개구리들이 많이 살고 있는 연못은 뱀에게는 진수성찬의 식탁인 셈이다. 나도 처음에는 녀석의 살의를 경계했다. 그러나 그것은 인간의 탐욕만 생각했던 기우일 뿐이었다. 뱀은 말 그대로 소식주의자라 할 만했다. 연못 속 개구리들의 숫자는 전혀 줄어들지 않았다. 그런데도 나는 한 달 전 뱀이 개구리 한 마리를 물고 가는 것을 보고는 장대로 툭 건드려 개구리를 살려주고 말았다. 개구리는 풀숲으로 사라졌고, 녀석은 삐쳐서 집 밖으로 나갔다 돌아왔다.

밭에 콩을 주워 먹고 사는 산비둘기도 마찬가지다. 수확할 시기를 알려주는 콩잎은 서리가 더 내려야 누렇게 변할 것이다. 잎이 푸르러서 아직은 수확할 시기가 아니다. 콩이 익어 가는 콩밭을 보면 산비둘기도 인간과 공생을 원한다는 사실을 알 수 있다. 배만 차면 결코 사람이 먹을 것까지 탐내지 않는다. 지난 봄에 콩밭을 만들 때도 나는 걱정하지 않았다. 고참 농부에게 들은 대로 산비둘기 몫까지 계산해서 콩을 듬뿍 뿌려 주니까 녀석들은 콩밭을 더 이상 해치지 않았다.

산중에 들어와 살다 보니 미물들에게 배우는 게 많다. 하긴 내가 미물이라 호칭한 것도 어폐가 있다. 만물의 영장이라는 인간 중심의 사고에서 생겨난 말이기 때문이다. 예우는 못할 망정 산중 가족으로서 이름을 불러 줘야 하지 않을까 싶다. 자벌레는 찻잎을, 연못 속의 미꾸라지는 모기 유충을 먹는데 제 분수를 지킬 줄 안다. 어찌 보면 주변과의 공생을 모르고, 자기 배만 불리다가 화를 자초하는 존재는 인간밖에 없는지도 모르겠다.

초로의 나이가 되면서 내 귀밑머리에도 하얀 서리가 내리고 있다. 선가에 전해오는 말로는 염라대왕의 편지라도 한다. 부를 때가 됐으니 욕심을 줄이고 살라는 편지라는 것이다. 서울 생활

을 청산하고 산중으로 내려와 무소유를 비로소 이해하고, 자연
에서 작은 깨달음을 얻으니 그것만 해도 남는 살림살이가 아닌
가 싶다.

땅콩 캐는 날

땅콩을 밭에 햇볕이 드는 오전 10시부터 캐자고 아버지와 약
속했다. 땅콩을 '수확한다'고 하지 않고 '캔다'고 하니 이상하
게 여길지도 모르겠다. 그러나 땅콩은 땅속에서 크는 콩이니 캔
다는 표현이 더 적절하지 않을까 싶다.

정확히 약속시간 10분 전에 호미와 삽과 낫을 챙겨 들고 밭
으로 나갔다. 밭에 땅콩을 심을 때 다람쥐와 신경전을 벌이던
일이 생각나 웃음이 나왔다. 그날의 일기를 찾아보니 이렇게
씌여 있다.

사려 깊지 못한 '생각의 가벼움'은 남에게만 있는 것이 아니다. 나
그네도 밭에 심은 땅콩을 들쥐가 파먹었다고 쉽게 단정을 내린 적이

있다. 들쥐의 후각이 예민하다고 칭찬하면서 들쥐에게 누명을 씌운 것이다. 증거도 없이 내린 결론이었으나 다행히 들쥐에게 씌운 누명은 곧 벗겨졌다.

땅콩을 심은 밭에서 다람쥐를 발견한 것이다. 다람쥐란 녀석이 작년에 저장했던 도토리나 알밤 등의 양식이 떨어지자 땅콩 냄새가 나는 땅을 파헤쳤던 게 분명하다. 현장을 목격했으니 틀림없는 사실이었다.

그러나 나그네는 다람쥐가 땅콩 밭을 망쳤다고 해서 나무랄 생각이 없다. 집 뒷산에 다람쥐에게 먹이를 제공하는 쥐밤나무가 몇 그루 있었다. 그런데 그 나무들 때문에 뒤창에 햇볕이 들지 않아 산 주인에게 양해를 구하고 베어냈던 것이다.

그러니 올해 다람쥐가 한 행위는 정당방위가 될 수도 있다. 쥐밤나무 몇 그루가 사라져 일용할 밤들을 잃어버린 다람쥐들이 생존을 위해 정당한 행위를 했다고 볼 수 있기 때문이다. 하긴 나그네의 이런 해석도 실수를 지워보려는 자기 합리화인지 모르지만.

먼저 낫으로 땅콩 줄기를 베었다. 그런 다음 호미로 파들어갔다. 잘못하면 땅콩이 베어져 하얀 속살이 드러났다. 마치 고고학자들이 유물을 발굴할 때처럼 조심조심 흙을 털면서 땅콩을 캤다. 속도를 내기 위해 삽을 찔러 보았지만 곧 포기하고 말았다. 아까운 땅콩들이 삽날에 상하곤 했다.

어떤 이는 나더러 쫀쫀하다고 할지 모른다. 그러나 땅콩에 쏟

은 한 해 동안의 시간과 땀을 생각하면 땅콩 한 개라도 상할까
봐 조심하지 않을 수 없다. 수행자들은 공양할 때 음식을 앞에
두고 눈을 지그시 감은 채 오관게五觀偈를 왼다.

> 한 방울의 물에도 천지의 은혜가 스며 있고
>
> 한 알의 곡식에도 만인의 노고가 담겨 있습니다.
>
> 정성으로 마련한 이 음식으로 주림을 달래고
>
> 몸과 마음을 바로 하고 청정하게 살겠습니다.
>
> 수고한 모든 이들이 선정삼매로 밥을 삼아
>
> 법의 즐거움이 가득하여지이다.
>
> 計功多少量彼來處
>
> 村己德行全缺應供
>
> 防心離過食等爲宗
>
> 正恩良藥爲療形枯
>
> 爲成道業應受比食

 땀 흘려 본 사람이라면 오관게 중에서 특히 앞 구절에 깊이
공감하지 않을까 싶다. 아침나절과 오후 두어 시간 동안 쉬지
않고 일하니 땅콩이 큰 바구니로 두 개나 가득 찬다. 산중의 올
겨울 깊은 겨울밤도 지금 캔 땅콩이 있으니 심심하지 않을 것
같다.

땅콩을 열 줄기 정도는 베지 않았다. 서울에서 후배의 아이들이 온다고 해서였다. 후배는 두 줄기도 충분하다고 하지만 나는 좀 넉넉하게 남겼다.

"두 줄기를 캐는 것은 흉내밖에 되지 않지. 그게 무슨 체험이겠나. 적어도 땀 흘릴 정도는 되어야 추억이 생기겠지."

아이가 땀 흘려 땅콩을 캐본다면 분명 땅 속의 귀여운 땅콩들이 아이의 마음 속에 일하는 즐거움이 무엇인지 알알이 가르쳐 줄 것이다.

그대의 참모습은 무엇인가

작년 늦가을이었다. 나는 서월터 마을 13남매 댁의 갓 결혼한 아들과 함께 단풍나무 한 그루를 심었다. 묵은 밭을 개간하면서 밭가 그늘에서 자라던 단풍나무를 옮겼던 것이다. 나이가 쉰 살쯤 되어 보이는 단풍나무는 늠름했다. 키가 후리후리하게 크고 몸매도 날씬했다. 하늘을 향해 뻗은 잔가지는 바람이 불 때마다 비천의 옷자락처럼 펄럭였다.

나는 단풍나무에게 별명을 하나 지어 주었다. 단풍 든 나무의 풍모가 그윽하고 보는 것만으로도 마음에 온기가 전해지는 듯하여 '노신사' 라고 했다. 나들이하게 되면 꼭 단풍나무에게 마음의 손을 내밀어 포옹하곤 했다.

처음으로 맞는 초겨울에는 단풍나무도 미련 없이 나뭇잎을 떨구었다. 단풍나무는 거꾸로 선 빗자루처럼 벌거벗은 모습이었다. 잎을 떨군 빈 나무는 나무의 참모습이었다. 차가운 땅바닥에 그림자를 드리운 빈 나무가 어느 날 나에게 가만히 물었다.

"그대의 참모습은 무엇인가."

조용한 산중으로 들어와서도 마음이 산란한 나는 뜨끔했다. 마음에 늘 헛된 생각이 끼어들기 때문이었다. 나는 농부에게 짚단을 얻어와 뿌리가 얼지 않도록 단풍나무 밑둥치를 감싸 주었다. 수은주가 내려갈 때마다 단풍나무의 안부가 궁금했다. 인사는 사람에게만 하는 것이 아니었다. 나도 아침마다 단풍나무하고 '밤새 안녕' 하고 눈을 마주쳤다.

봄이 다가올수록 나는 마음이 조마조마했다. 그래서 참지 못하고 손톱으로 나무껍질을 긁어보면 '나, 살아 있어요.' 하고 단풍나무가 파랗게 대답했다. 봄이 되자 아기 손처럼 생긴 나뭇잎들이 일제히 펼쳐졌다. 신록의 피부는 꽃보다 아름다웠다. 아기의 고운 살결을 보는 것 같았다.

그러나 여름 태풍이 지나가면서 단풍나무는 앓기 시작했다. 잎들이 시름시름 병색을 띠면서 한잎 두잎 단풍나무를 떠났다. 태풍이 완력으로 단풍나무를 거칠게 흔들자 아직 땅 속 깊이 뻗지 못한 뿌리들이 들렸던 것이다.

"뿌리가 자리를 잡지 못했으니 잔가지를 많이 쳐 주어야 합니다. 그래야 나무가 삽니다."

지난봄에 농부들의 충고를 건성으로 듣고 만 대가였다. 뿌리가 부실한데도 잔가지의 아름다움에 취한 결과였다. 생명의 근원은 눈에 드러난 데 있지 않고, 눈에 보이지 않는 데 있음을 깨달았다. 뒤늦게 톱을 가지고 단풍나무에 올라가 가지를 쳐 주지만 이제 단풍나무의 소생은 기약할 수 없게 됐다.

나는 기적을 믿는 사람이다. 지나가는 바람에 가지들과 잎들이 너울너울 춤추는 단풍나무를 다시 보고 싶다. 석양 햇살이 내리는 저녁 무렵마다 경건하게 서서 하루의 삶을 감사하는 노신사를 다시 보고 싶다.

보현이에게

네가 쌍봉다원에서 이불재로 온 지도 벌써 아홉 달이 되었구나. 그날 너의 모습이 선명하게 기억나는구나. 작년 십이월 십팔 일이었지. 응달에는 잔설이 희끗희끗하고 추운데도 아래 절에서는 나한전을 뜯어 뒤로 옮기는 중이었어. 엄마인 보리 몰래 너를 데려오려고 보리가 홍합 껍질에 묻은 국물을 핥고 있을 때 강아지인 너를 종이 상자 속에 넣어 데리고 왔었지. 처음에 넌 몹시 놀란 나머지 침을 흘리고 똥을 쌌지. 의기소침해져서 네 작은 눈은 더욱 작게 보였지.

그러나 하루를 보내고 나더니 활기를 되찾더구나. 이불재 식구들을 졸졸 따라다녔단다. 마침 이불재에 와 계신 아버지는 너에게 주려고 농협으로 가 사료를 사오고, 어머니는 밥상에 오른

조기 머리를 주었지. 너의 이름을 미리 생각해 두었던 '보현'이라고 지었지. 네 남자친구가 생겨 이불재로 온다면 '문수'라고 할 계획이란다.

나무로 만든 네 집이 생긴 것은 성호가 대학 입시에 실패하고 재충전하기 위해 이불재에 내려와 있던 때였지. 성호에게 우울한 기분을 빨리 떨쳐버리고 뭔가 성취감을 안겨 주려는 의도에서 너의 집을 지어 보라고 시켰단다.

처음 네 집은 좀 가분수였지. 결대 지방의 원주민 집처럼 지붕이 너무 컸고, 또한 양철로 덮여 있어서 목조 건물인 이불재와 어울리지 않았어. 그래 성호가 서울로 돌아간 뒤 양철지붕을 뜯고 나무판자를 구해 와 바꾸었지. 지붕 한쪽을 덮은 큰 나무판은 알고 보니 큰댁 식구들이 명절 전날 떡을 치던 떡판이었더구나.

아래 절 스님은 가끔 올라와서는 네 집을 보고 '개집도 단청을 했네' 하시며 웃으신단다. 지붕 아래 부분이 빗물에 썩을까 봐 노란 페인트칠을 했는데 그걸 보고 단청이라고 한단다.

너는 아직도 '앉아!'와 '(집에) 들어가!'란 말밖에 알아듣지 못하지만 우리 식구들은 하나도 걱정하지 않는단다. 이불재에 오는 손님들 중에는 서울로 돌아간 뒤에도 너를 잊지 않고 네 안부부터 묻는 사람도 생겼고, 인터넷의 이불재 홈페이지에는 네 이름도 떴단다.

너와 함께 살다 보니 너에게 사과할 일도 생기는구나. 성호가 이불재에 와 있었을 때였지. 너는 네 엄마인 보리와 달리 몸에 누런 점이 단 한 군데도 없는 그야말로 하얀 백구지. 그런 네 몸에 황토가 묻어 있어 목욕을 시켜주려고 했지. 성호가 물을 끼얹자, 넌 우리를 원망하며 도망쳤지. 네 이름을 불러도 뒤를 힐끗 돌아보면서 산길을 내려가 버렸지. 그런 너를 우리는 무슨 작업인가를 하느라고 잊어버린 채 밤을 맞이했어. 그제야 우리는 네가 집에 없다는 것을 알고 손전등을 켜 들고 아래 절로 내려갔단다. 너는 절에도 없었지. 너는 절 밖 공터에서 고개 숙인 채 왔다갔다하고 있었어. 그야말로 가출한 아이 같았지. 네 이름을 부르니까 꼬리를 힘없이 흔들면서 마지못해 다가오더구나. 성호가 물을 끼얹은 것을 사과하면서 너를 안아 주었지.

어린 시절 누구라도 그런 때가 있었을 거란 생각이 들었어. 엄마에게 야단맞고 집을 나갔다가 낮 동안은 버티다가 밤이 되어 엄마가 데리러 와 안아 주었을 때 마지못해 들어오곤 했을 테니까.

함께 살다 보니 너에게 부탁할 일도 생기는구나. 보현이 너는 순하게 굴다가도 다람쥐만 보면 못 참고 날쌔지더구나. 그러나 세상은 더불어 살아가는 곳이란다. 인도에서는 모든 짐승이 신의 친구란다. 그렇다면 다람쥐도 너의 친구가 아니겠느냐. 이불재 주위에 다람쥐가 많다는 것이 너에게 얼마나 큰 축복이냐. 앞으로는 다람쥐를 사랑하고 함께 어울려 보기 바란다.

사람이 외톨이인 것은 마음이 닫혀 있기 때문이지. 사랑이 마른 사람에게는 친구를 사귈 자격도 사라진단다. 마음을 열지 못하기에 서로 친구가 돼지 못하고 사막이 되가는 거란다.

산중 풍경

지난여름 내내 손님을 맞이하느라 바빴다. 이불재를 지어 이사 온 지 얼마 안 되었으니 오겠다는 반가운 손님을 막을 수는 없었다. 그러나 내년에도 손님이 이렇게 쉴 틈도 주지 않고 온다고 가정하면 걱정이 앞선다. 자고 가는 손님에 한해서는 한 달에 한 번의 기회만 주어 순번을 정해야겠다. 매달 한 분씩만 받는다면 글쓰기 작업도 그리 지장을 받을 것 같지 않기 때문이다.

손님들이 오면 아무래도 내 시간도 쪼개진다. 그들끼리 어디를 다녀오라고 하는 말이 입 밖에 나오지 않는다. 가까운 곳은 내가 동행해 주고 안내해야 한다. 이불재 부근에서 명소라면 쌍봉사와 조광조 초분 자리인 서원터 마을이다. 그리고 최근에 지은 쌍봉다원의 귀틀집이다. 이 세 군데는 반경 2킬로미터 이내

이므로 산보하듯 걷기에도 안성맞춤이다. 쌍봉사는 내가 가장 자신 있게 설명할 수 있는 절이다. 해탈문을 들어서면 바로 대웅전으로 사용하는 삼층 목탑 형식의 법당이 나타나는데, 무엇이든 정면은 재미가 없다. 해탈문 왼편에 있는 종각 쪽으로 가서 삼층 목탑을 두 그루의 팽나무 고목 사이에 넣고 보아야만 비로소 한반도에서 가장 작은 한 칸짜리 법당의 아름다움이 느껴진다.

특히 법당의 안내문은 다른 절의 의례적인 문장과 다르니 꼼꼼하게 읽을 필요가 있다. 불이 났을 때 옆 마을의 농부가 삼존불을 한 분씩 업고 나와 삼존불이 화가로부터 무사할 수 있었다는 얘기가 나오는데, 이쯤이면 사람이 부처의 도움만 받고 사는 것이 아니라 여기서는 부처도 사람의 도움을 받고 산다. 무지렁이 농부와 부처가 상부상조하고 있으니 어찌 사람과 부처를 둘이라 하겠는가.

가을이면 극락전 앞에 있는 수령이 3백여 년 된 단풍나무 사이로 삼층 목탑을 바라보는 것도 극락을 보는 듯한 기쁨을 준다. 예사 단풍나무가 아니기 때문이다. 삼층 목탑이 불이 났을 때 자신의 한 가지를 뻗어 화마로부터 극락전을 지켜낸 단풍나무인 것이다.

그리고 쌍봉사 순례의 대단원은 철감 선사 부도를 참배하는 것이다. 나는 먼저 부도에 양각된 문고리를 얘기한다. 극락으로 들어가는 문이기 때문이다. 그제야 손님들은 부도가 극락을 형상화한 것이구나 하고 고개를 끄덕인다. 불법을 수호한다는 사자도 극락에서는 할 일이 없어 졸거나 자신의 뒷다리를 물고 앉아 있다. 천인들이 음악을 연주하는 한 부분에서는 장구가 양각되어 있다. 부도에 장구가 새겨진 것은 아주 드문 일이다.

더구나 신기한 것은 이 절에 처음 와 이곳에서 기도를 하다가 장구소리를 들었다는 신도를 우연히 만난 적이 있다. 그분은 부도에 장구가 새겨진 것을 모르고 있었다고 한다.

또 한 가지 빼놓을 수 없는 것은 부도로 오르는 길가의 대숲이다. 초의 선사의 시에 나오기도 하는데, 대나무 숲 사이로 보이는 절 풍경은 선적이고 시적이다.

다시 말하거니와 나는 은둔을 위해 이곳 산골로 내려온 것은 아니다. 또 사람을 싫어하는 괴팍한 성격도 아니다. 마음이 맞으면 어떤 사람이라도 가까이하고 싶고 더불어 얘기하기 좋아하는 성격이다. 그러나 밥 삼아 하는 일이 글쓰는 작업이라 조용하고 집중할 수 있는 분위기의 시간이 절대 필요한 것도 사실이다. 아무리 반가운 손님이라도 그리움을 저축하듯 산모퉁이를 돌아오는 바람처럼 쉬엄쉬엄 만나고 싶다.

나를 시들게 하는 것들을 경계하다

가능하면 산중의 모든 미물들과 함께 살려고 노력하지만 아직까지 정이 가지 않은 곤충이 있다. 진드기와 진딧물이다. 그것들을 보면 얄미운 생각이 먼저 든다. 원추리나 배롱나무도 지난여름 내내 진딧물 때문에 고생을 했다. 줄기에 붙어 진을 다 빨아먹는 진딧물의 횡포에 꽃을 피워 보지도 못한 원추리도 있었다. 배롱나무도 붉은 꽃이 병색을 띠기도 했다. 무당벌레가 고군분투하여 피해를 줄여 주기는 했지만 역부족이었다. 염치 없기는 진드기도 진딧물에 비해 뒤지지 않았다. 녀석은 짐승이나 새의 털 속에 붙어 피를 빨아먹으며 사는 게 특징이다. 진딧물보다 더욱 미운 것은 진드기가 짐승의 발이 닿지 않은 머리나 목덜미의 털 속에 숨어 산다는 점 때문이다.

나와 더불어 사는 순한 개 보현이와 문수도 진드기에게 괴로움을 당하고 있다. 이곳 사투리로 '앵이'라고 부르는데, 마른 풀숲에 숨어 있다가 개가 누워서 쉬고 있을 때 잽싸게 달라붙는 듯하다. 아침에 밥을 주러 나가 보면 꼭 새로운 진드기가 붙어 있다. 나는 보현이와 문수에게 아침을 주기 전에 진드기를 먼저 떼어 준다. 어떤 날은 서너 마리가 붙어 주머니처럼 생긴 몸을 불리고 있었다.

진드기는 피를 빨수록 몸이 검은콩처럼 점점 커지는데, 나중에는 가는 다리가 파묻힐 정도로 뚱뚱해진다. 먹이를 스스로 해결하지 못하고 남에게 기생하여 사는 녀석을 보면 참 뻔뻔하다는 느낌이 든다. 녀석이 생존을 위해서 하는 일이라곤 가려워도 짐승의 발이 미치지 않는 머리나 목덜미로 숨는 일뿐이다. 더부살이도 분수를 넘어서는 안 된다. 생존을 위해 조금 나눠 갖자고 한다면 또 모른다. 그러나 안전한 곳에 숨어서 자기 몸만 불리며 상대를 괴롭히니 문제다.

나는 앵이라는 진드기를 처음에는 풀숲으로 멀리 던졌으나 요즘에는 연못에 넣어 피라미들 먹이로 준다. 풀숲에서 다른 짐승에게 옮겨갈지 모르고, 지금까지 해만 끼치고 살았으니 이제는 피라미들에게 좋은 일 한번 해 보라는 뜻에서다. 진딧물과 진드기가 말을 할 줄 안다면 나에게 항의를 할지도 모르겠다.

우리 사는 세상에도 얼마나 부끄러운 일이 많은가. 하긴 밖으로 눈길을 주는 것도 한가로운 길이다. 눈길이 잘 안 가는 내 안에도 나를 시들게 하는 것들 투성이다. 게으름, 잠, 그른 생각과 말, 잘못된 행동 등등 새로운 순간을 닺이하려는 나를 방해하는 것들이 많다. 그래서 어떤 수행자는 순간의 자신을 빼앗아 가는 그것들을 게으름 도둑, 잠 도둑이라 하며 경계했던 모양이다. 그러고 보면 진드기나 진딧물보다 더 먼저 경계해야 할 것들은 맑은 내 의식을 흐리게 하는 그런 도둑들이 아닐까 싶다.

불일암 풍경도 안녕하시다

오후 세 시에 나는 조계산 불일암으로 가본다. 누군가가 묻는
다. 왜 가느냐고. 암자 처마 끝에서 뎅그렁대는 풍경을 보러 간
다고 하니 고개를 갸웃거린다. 보러 간다기보다는 뵈러 간다는
표현이 더 적확하다. 오후 세 시면 벌써 산그늘이 접힐 시각이
다. 평일이어서 산자락은 더 적막할 것이다. 그러나 대나무 가
지나 오솔길에 걸린 햇살은 빨래처럼 눈부시고 깨끗하리라. 난
생 처음으로 주례를 서 본 결혼식의 신랑이었던 김군이 동행해
준다. 가을바람처럼 불현듯 나선 외출이다.

풍경은 중국에서 들어온 목어나 목탁과 맥을 같이 한다. 하루
일하지 않으면 하루 먹지 말라〔一日不作一日不食〕고 꾸짖던 중국의
선승 백장 스님이 만든 맑은 규칙, 청규에서 보았던가. 밤에도

눈을 뜬 물고기의 모습을 본떠 걸어둠으로써 수행자가 게으름을 쫓고 마음을 다잡아 정진한다고 씌어 있었던 듯하다.

나는 그런 의미가 좋아서 지금 사는 이불재 처마 끝에도 풍경을 달아 놓고 가끔 쳐다보곤 한다. 풍경은 바람이 지나갈 때마다 머릿속을 헹구려는 듯 뎅그렁거리는데, 여름바람과 가을바람이 내는 소리가 다르다. 여름에는 씩씩한 소리를 냈고 지금은 한두 음계 낮아졌다. 그래도 끝자락의 여운은 요즘 듣는 소리가 가슴에 더 오래 남는다.

풍경의 메아리를 헤아리고 있으면 누군가의 호소 같기도 하고 저잣거리의 외침이 담겨 있는 것도 같다. '이것이 있으므로 저것이 있다' 고 붓다는 말씀하셨다. 우연이란 이 세상에 존재하지 않는다는 진리이다. 가을날의 풍경소리를 누군가의 호소처럼 들었다면 나그네 마음을 향해 누군가의 그림자가 어느새 드리워졌다는 증거가 아닐까.

불일암 가는 길은 내가 가장 좋아하는 산길 중 하나이다. 키 큰 침엽수림 길도 있고 키 작은 잡목수림 길도 있고 청청한 대숲 길도 있어 심심하지 않은 오솔길이다. 오르는 데도 혼을 빼놓을 정도로 아주 먼 길이 아닌 이마에 땀을 몇 방울 흘리다 보면 닿게 되는 그런 거리에 암자가 있다.

암자에 들어선 나는 처마 끝을 먼저 쳐다본다. 불일암 스님이 큰바람에만 소리 내어 '태풍의 대변인 이라고 이름 붙인 그 풍경의 안부를 살피는 것이다. 아닌 게 아니라 그 풍경은 가을바람이 선들선들 부는데도 묵언정진 중이다. 풍경을 보자 미소가 지어진다. 태풍이 지나가는 여름날 밤 풍경소리가 너무 시끄러워 사다리를 놓고 풍경을 떼어 냈다는 스님의 이야기를 듣자마자 나는 인사동 가게로 가 과묵한 풍경을 주문했던 것이다. 풍경을 통해서 불일암 스님의 말씀을 다시 듣는다.

"저기 우물물을 마시고 숨을 돌리게. 그런 다음 저 조계산 자락에 눈이나 씻고 내려가게."

스님께서는 누군가가 찾아와 법문을 부탁하면 늘 그렇게 말씀하셨던 것이다. 스님이 강원도 어느 산골에서 청정하게 계시듯 불일암 풍경도 날마다 좋은 날이듯 안녕하시다.

차나무는 강하다

이름 대신에 부르는 호號를 보면 그 사람의 살림살이를 어느 정도 짐작할 수 있다. 정약용의 호가 다산茶山이 된 것은 그가 강진의 조그만 산인 다산에서 유배생활을 했기 때문이다. 자신이 기거하는 집 이름이 호가 되기도 하는데, 그것을 당호堂號라고 한다.

머칠 전에 문득 나는 호를 하나 갖고 싶어 스스로 다제茶弟라고 지었다. '차의 아우'라는 뜻이니 낮은 자세로 살자는 다짐도 되는 것 같고, 실제로 차살림〔茶生活〕을 하고 있으니 이제는 다茶 자가 붙은 호를 지어도 나를 나타내는 데 어울리지 않을까 싶어서였다. 차살림을 한 지 어느새 6년이 된 것이다.

내 묵은 노트에는 이렇게 적어둔 글도 있다. 나의 차살림을

엿보고 싶은 분을 위해 일부분만 소개해 본다.

소박한 산중 생활 속에서도 봄이 되면 가장 기다려지는 일 중 하나가 '차나들이'이다. 묵은 차마저 떨어진 시기라 어디서 차를 빌려올 수도 없는 차 춘궁기이므로 곡우가 지나면 부푼 마음으로 차 덖는 집을 찾아가게 된다.

순천의 다보원 차밭을 거쳐 섬진강 길을 타고 화개 골짜기 차밭을 갔다가 화엄사 구층암에 들렀다 오는 것이 나만의 차나들이 길이다. 꽃구경처럼 화려하지도 않고, 명승을 유람하는 길도 아니지만 햇차를 한두 통 사고 마신다는 생각에 소풍 가는 것처럼 가슴이 설렌다. 맑고 향기로운 차 한 잔을 마시기 위해 한 해를 보냈다는 느낌이다. 이때의 차 한 잔은 메마른 내 영혼을 적시는 그 무엇이라고나 할까. 차를 마시게 해준 이 세상의 모든 존재들에게 감사하지 않을 수 없다. 찻잎을 따고 만든 사람의 수고와 차를 기른 땅과 비와 햇살과 바람의 인연에 고마움을 느낀다.

차나들이를 마치고 산중 처소로 돌아온 나는 마음이 충만해져 '올해는 지난해보다 더 잘 살아야지' 하고 다짐한다. 차를 마시게 해준 인연들에게 거듭 감사하며 혼자 미소를 짓는다. 하루를 시작하거나 하루를 접는 시각에도 대개는 그런 생각으로 차를 마시곤 한다.

나는 아직 차에 인이 박힌 차꾼이 못 돼서 그런지 차맛도 그리 까다롭지 않은 편이다. 차의 맛과 향이 찻잎의 산지와 만드는 사람의 내

공에 따라 조금씩 차이가 나지만 나는 덕德과 인仁의 잣대로 차를 마시고 싶다. 차 마시는 마음도 천연天然을 잃지 않으려고 한다. 차 한 잔의 기쁨을 누리는 데 천연의 입과 마음으로 마시는 것 이상 좋은 방법이 또 있을까.

봄에 써 둔 글이지만 낙엽이 뒹구는 지금 다시 읽어보니 내 차살림의 풍경과 태도가 잘 나타나 있는 것 같고, 차의 아우란 뜻의 다제란 아호가 그런대로 나와 맞지 않나 싶다.

며칠 전에는 차밭을 뒤덮은 잡초를 제거했다. 혼자 못하고 쌍봉마을의 아주머니를 불러 함께 했는데, 느낀 바가 많다. 사람들은 잡초가 사람 키만큼 자라나 차밭을 버렸다고 혀를 찼지만 막상 잡초를 제거하고 보니 지난가을에 심은 차나무가 파랗게 살아 있는 것이 아닌가.

야생차나무로 기르고 싶은 욕심에 잡초를 한 번도 제거하지 않은 탓으로 묵정밭처럼 돼버렸는데, 덕불 속에서 햇빛을 보지 못한 어린 찻잎들에게 미안하기 짝이 없다. 다른 식물이었으면 대부분 살아남지 못했을 것이다. 잡초보다 더 강인한 생명력을 지닌 것이 차나무가 아닌가 싶다. 눈보라가 몰아치는 한겨울에도 차나무는 자신의 존재를 더욱 푸르게 드러낼 것이 틀림없다.

겨울
산중에는 겨울에도 미소가 있네

겨울의 창고는 봄의 빈 창고와 다르다. 창고에는 고구마와 땅콩, 콩, 호박 등
먹을 것이 가득하다. 나와 보현이는 물론 산중 처소를 찾는 산새들까지
겨우내 먹을 양식이다. 창고 문을 열어 볼 때마다 미소가 절로 나온다. 벽에 걸린 낫과 삽과
괭이들을 봐도 기분이 좋아진다. 내 마음처럼 농기구들도 봄을 기다리고 있는 표정이다.

콩 한 알에 스민 햇볕과 비바람

어제는 장작을 땔 다실에서 메주를 꺼내 이불재 처마 밑에 달았다. 내 산중 처소가 북향이어서 오후 내내 햇볕이 잘 드는 서쪽 벽에 매달았다. 이제 내년에 먹을 된장국 걱정은 안 해도 될 것 같다. 먹는 국 중에서 된장국을 최고로 꼽는 이들이 많다. 최고가 되려면 빼어난 맛이나 희귀한 맛만 가지고는 안 된다. 날마다 먹어도 물리지 않고 처음 맛인 듯 한결같아야 한다. 사람도 그러하다. 감정의 기복이 심하거나 달변인 사람보다는 무던하거나 말수가 적은 사람이 더 편하고 진실한 경우가 많다.

기름진 국이 허한 속을 달래줄 수도 있겠지만 고깃국을 날마다 계속해서 세 끼씩 먹는다고 가정해 보라. 누구라도 나중에는 밥상이 싫어질 터이다. 나도 그런 경험이 있다. 서울 출생인 아내가 잘 끓이는 국은 소고기 무국이었다. 뜨거울수록 맛이 더 시원해지는 서울 경기 지방의 전통 무국인데, 신혼 때는 누구나 아내의 요리 솜씨를 약간 과장하여 칭찬하게 마련이다. 그랬더니 아내는 한 보름 정도 소고기 무국만 밥상에 올렸다. 지금도 나는 소고기 무국만 나오면 느끼하고 노린내가 나는 것 같아 가능하면 숟가락을 멀리하고 만다.

감자나 무를 넣은 된장국은 아무리 먹어도 물리는 법이 없다. 삼삼한 국물에 고춧가루를 넣으면 매콤해져서 입안에 침이 돌고 빈속은 개운해진다. 철을 가리지 않고 아무 때나 들이켜도 질리지 않는다. 된장국에 가장 궁합이 맞는 재료는 햇감자일 것이다. 된장국 속에서 익혀진 햇감자는 맨 처음 건져 먹는 것이 가장 고소하다.

나에게 이 산중의 된장국이 더 맛있는 것은 수확한 콩으로 쑨 메주로 국을 끓였기 때문이다. 우리 나라 어디서 생산하든 다 같은 콩이겠지만 처음부터 메주가 되는 과정을 유심히 지켜본 사람이라면 그 맛이 더 각별하지 않을 수 없다.

음식이란 혀만 즐겁게 하는 것이 아니라 마음에 충만을 주기도 한다. 정력에 좋다면 지렁이까지 먹는 사람들에게는 공허한 소리로 들리겠지만 내가 경험한 바로는 분명 그렇다. 콩 한 알에 스민 햇볕과 비바람과 나의 수고까지 새삼 느껴지는 것이다. 참고로 콩은 다른 농산물과 달리 중국산과 구분하기가 매우 어렵다고 한다. 거의 불가능해서 이곳 농협에서는 콩을 취급하지 않고 있다. 모든 농산물들이 중국산이 토종으로 바뀌어 팔리고 있으니 콩만큼은 더욱 조심해야 될 것 같다.

메주를 띄우면서 새로운 지식이 한 가지 늘었다. 메주를 뜨게 하려면 반드시 짚을 사용해야 한다. 비닐 끈으로 묶은 메주는 뜨지 않고 썩어 버린다. 메주를 달아맬 때도 짚으로 꼰 새끼를 써야 한다. 내 처소 위의 농막에 사는 농부는 자꾸 벌어지는 메주의 모형을 바로잡기 위해 비닐 테이프를 사용했는데 그 부분만 썩어버렸다고 투덜댔다.

집에는 아직도 털지 않은 콩 줄기가 네댓 단이나 있다. 늦게 심은 콩이어서 수확이 그만큼 늦어 메주를 쑤는 데 보태지는 못했지만 새들의 먹이로 놓아둔 것이다. 오솔길 입구의 논에서 나온 콩도 석 되나 된다. 구씨에게 논을 빌려 주었더니 올해 콩을 심은 뒤 답례로 가져온 콩이다. 작년에는 물까치나 어치들의 먹이로 저잣거리로 나가 콩을 사왔으나 올해는 콩이 많아졌으니 그럴 일이 없어졌다. 눈이 많이 내리면 새들이 집 부근까지 다가와 먹이를 구하려고 소리치곤 했던 것이다. 작은 새들이 먹는 들깨 씨도 충분하다.

한겨울이 되면 멧돼지에게도 고구마를 줄 계획이다. 올해 고구마를 두 가마니나 캔 것이다. 보현이와 문수가 먹을 사료도 두 포대나 구해 창고에 넣어 두었다. 요즘 보현이는 코가 축축하고 흰 털에 윤기가 흐른다. 입맛이 떨어진 것 같아 호박과 고구마를 썰어 죽을 쑤어 주었더니 식욕을 회복한 것이다.

겨울의 창고는 봄의 빈 창고와 다르다. 창고에는 고구마와 땅콩, 콩, 호박 등 먹을 것이 가득하다. 나와 보현이는 물론 산중 처소를 찾는 산새들까지 겨우내 먹을 양식이다. 창고 문을 열어 볼 때마다 미소가 절로 나온다. 벽에 걸린 낫과 삽과 괭이들을 봐도 기분이 좋아진다. 내 마음처럼 농기구들도 봄을 기다리고 있는 표정이다.

된서리는 뭇 생명을 성숙케 한다

어제는 기온이 뚝 떨어지더니 오늘 새벽에는 살얼음이 끼어 있다. 기둥에 단 온도계를 손전등을 켜고 확인해 보니 영하 2도다. 하늘에는 별이 초롱초롱하다. 북두칠성은 어느새 동쪽으로 다가와 있고 국자 모양의 별들이 초저녁과 반대로 뒤집어져 있다. 그래도 별들은 한겨울밤처럼 차갑다는 표정이 아니다. '이 정도면 견딜 만해요'라고 말하는 듯 반짝이고 있다. 나도 마찬가지다. 두꺼운 옷을 입지 않고 밖으로 나와 서성거리고 있는 것이다. 영하 2도의 기온이 왠지 마음에 든다. 잠도 슬그머니 가시게 하고 무엇보다 머리를 맑게 해 주는 데 최적의 온도이다. 신선한 공기를 마시니까 당연한 현상이겠지만 그보다는 초겨울의 새벽 기운은 내밀한 무엇이 있다.

방에 들어와 〈눈부처〉라는 동화를 뒤적거리다 날이 밝아 나가 보니 세상이 온통 하얗다. 무서리가 아니라 된서리가 내려 있다. 늙은 아버지를 감탄케 하는 된서리다.

"아, 눈이 온 것 같네."

된서리에 가장 약한 식물은 뭐니 뭐니 해도 호박과 파초다. 여름이 계속될 것처럼 융성하던 잎들이 시들시들 맥을 못 추고 있다. 서리 맞은 호박은 바로 따야 한다. 그렇지 않으면 속이 곯아 버린다. 다년생 파초는 그루터기만 남겨 놓고 줄기를 벤 다음 짚으로 보온해 주어야 하는 약골이다. 다년생에 해당되는 이야기지만 겉모습만 보면 죽은 것 같아도 사실은 그렇지 않다. 서리는 식물을 죽이는 것이 아니라 성숙시켜준다. 무성한 파초 잎을 보면 지난 철 동안 파초가 얼마나 최선을 다해 살았는지를 알 수 있다. 그러니 서리가 내리는 것은 이제 겨울 동안 휴식을 취하라는 자연의 명령이다.

사람에게도 때로 식물의 겨울 같은 시련이 있다. 비로 치자면 퍼붓는 소나기가 있다. 그때는 사나운 비를 피하면서 하던 일을 깊이깊이 생각해 보아야 한다. 잠깐 물러나 있던 그 순간이 바로 시련을 극복하게 한 계기가 될 수도 있기 때문이다. 자신을 힘들게 하는 것 같지만 사실은 자신을 강하게 담금질하고 있는 것이다. 땅속의 땅콩을 보아도 같은 생각이 든다. 뿌리에 매달린 땅콩을 보면 해도 비치지 않는 어두컴컴한 땅 속에서 얼마나

수고했는지 짐작할 수 있다. 사람들은 땅콩을 심심풀이로 여기지만 녀석은 봄부터 부지런히 살아온 것이다.

쉰다는 것은 정지한다는 의미가 아니다. 줄기가 굵어지고 다음해의 생존을 위해 성숙한다는 의미가 있다. 선가에 이런 말이 전해지고 있다.

'봄바람과 여름철의 비는 만물을 생장하게 한다. 가을 서리와 겨울의 눈은 다시 만물을 성숙케 한다.'

식물만 그렇다고 여길 일이 아니다. 된서리에 시들해지는 나뭇잎을 바라보며 자기 자신을 생각하지 않으면 안 된다. 성장을 넘어 성숙해지는 나날이 되어야 한다. 성숙이란 자신의 삶을 변화시키고 깊어지게 하는 것이리라. 내가 제아무리 좋은 글을 쓴다 하더라도 나 자신의 삶이 깊어지지 못한다면 무슨 가치가 있으랴!

내 산중 처소 위에는 농막이 두 채가 있다. 아래채 농막에 사는 농부가 오토바이를 타고 가면서 내게 단감 서너 개를 놓고 간다.

"가을걷이 끝내고 놀면 뭐합니까? 불러줄 때 나가 일해야지요."

이 산중에서는 뉴스를 듣지 않는 것이 천만 다행이다. 많아야 몇 만 원 벌이를 위해 위태로운 오토바이를 타고 도시로 달려가는 사람이 있는가 하면 정치자금이라며 엄청난 거액을 꿀꺽하고도 도무지 참회하지 않는 이 땅의 지도자들이 버젓이 활보하고 다니고 있기 때문이다. 한입 베어 문 단감이 문득 떫기만 하다.

수험생이여, 동백나무를 보라

작년 초가을의 일이다. 월출산 부근에 사는 젊은 농부에게서 동백나무 네 그루를 얻어 와 한 그루는 절골 마을에 사는 농부 황씨에게 주고, 나머지 세 그루는 나의 처소 앞뒤 마당에 심었다. 황씨는 공짜를 아주 싫어하는 성격으로 내가 동백나무를 준 답례로 올봄에 어린 해당화와 산수유를 한 그루씩, 그리고 후박나무 묘목은 두 그루나 주었다.

나무를 좋아하는 나는 주는 대로 가져와 마당가에 심었다. 그런데 나무들은 따듯한 황씨 집터와 달리 내가 사는 산중에서는 잘 적응하지 못했다. 추위에 약한 동백나무는 작년 겨울에도 심한 몸살을 앓았는데 초겨울인 지금도 마찬가지다. 잎들이 벌써 얼어서 불그죽죽하다. 나의 산중 처소가 남도라도 바람이 센 골

짜기인 데다 오후가 되어야만 햇볕이 드는 응달에 있기 때문이
다. 최근에 안 사실이지만, 내 처소와 아래 절은 불과 2백여 미
터 떨어진 거리인데도 온도 차이가 이삼 도나 된다. 내 처소에
서는 얼음이 얼지만 절 연못은 물이 찰랑찰랑할 때가 많은 것이
다. 기둥에 온도계를 달아 놓고 아침마다 관찰해 보니 틀림없는
사실이다.

동백나무는 고온 다습한 기후에서 잘 자란다. 그런 동백나무
를 엉뚱한 곳에 옮겨 심었으니 내 욕심이 지나쳤다고 할 수밖에
없다. 바람이 센 골짜기 기후를 전혀 참고하지 않은 것이다. 그
래도 후박나무나 산수유, 해당화는 동백나무와 경우가 다르다.
찬바람이 불어 동백나무가 심하게 앓을 때도 녀석들은 기침이나
재채기 정도만 하고 만다. 늘 푸른 상록수인 동백나무는 가지와
나뭇잎 등 온몸으로 찬바람을 맞지만 후박나무 등은 잎을 떨궈
버리는 활엽수이므로 추위를 받는 면적이 그만큼 작아서이리라.

그렇다고 동백나무에게 추위를 면하게 해줄 수 있는 뾰족한
방법은 없다. 이미 뿌리를 내린 동백나무를 방으로 들여놓을 수
도 없거니와 식물원처럼 온실을 만들어 줄 수도 없다. 동백나무
는 혹독한 추위를 스스로 견디고 이겨내야 한다. 시련을 겪는 사
람도 마찬가지다. 누가 대신해서 장애물을 통과해 줄 수는 없다.

어제는 절에 온 한 여학생이 내 산중 처소로 올라와 이야기를
하고 내려갔다. 그 바람에 동백나무 밑동을 짚으로 감싸 주는

작업을 하려다 말았다. 올해 대학 수능시험을 치른 고3 수험생인데, 부모와 갈등이 생겨 이곳까지 내려온 것이다. 학생은 수능시험을 본 날 친구 몇이서 한강에서 밤을 새웠다고 한다. 평소 모의고사 점수보다 훨씬 낮은 점수 때문이었다. 강바람이 거센 둔치에서 자신을 책망하며 노숙을 했고 새벽에는 차를 타지 않고 집까지 걸어갔다고 한다.

나는 학생에게 인생을 마라톤으로 비유한다면 수능은 한 구간일 뿐이라고 말했다. 물론 회피할 수 없는 중요한 구간인 것만은 사실이지만. 최선이 버겁다면 차선을 선택하라고도 말했다. 최선은 하나지만 차선은 둘 이상인 법이니까. 최선이 아니면 어떤가. 나는 낙담하고 있는 학생에게 차선을 선택하는 지혜와 여유를 가지라고 충고했다. 차선의 길에서도 꿈을 이루어 내는 것이 진짜 인생이라고.

아침에 절에 내려갈 일이 있어 알아보니 학생은 서울로 돌아갔단다. 어떤 결정을 내렸는지 궁금하다. 혼자서 절에 찾아와 기도하고 사색하는 것을 보면 이틀간의 짧은 산사 체험이지만 더 성숙해졌으리라는 믿음이 생긴다.

눈이 오려는지 하늘이 묵은 짚단처럼 칙칙하다. 이제는 더욱 추워질 것 같은 느낌이다. 농막 주인 차씨에게 얻어다 쌓아 둔 짚단을 꺼내 푼다. 날이 더 추워지기 전에 동백나무 밑동을 짚으로 감싸주기 위해서다. 꽃망울은 기특하게도 작년보다 많이 맺혀 있다. 눈보라 치는 한겨울에도 꽃을 피우겠다는 결연한 각오 같은 것이 느껴진다. 서울로 간 학생도 내 산중 처소의 동백나무처럼 인생의 한 고비를 이겨내고 꽃을 피웠으면 좋겠다.

미소 짓게 하는 무당벌레

산중에 집을 짓고 산 지 이태가 되었다. 서울에는 아내와 학교를 다니는 두 딸이 살고 있다. 가끔 늙으신 부모님이 들렀다가 가시면 산중에는 그야말로 나그네 홀로 남는다. 땅콩과 고구마를 캐고 나니 이제는 밭일도 없다. 이미 무는 얼지 말라고 뽑아서 땅에 묻었고, 배추는 속이 꽉 차라고 지푸라기로 허리띠처럼 매어 주었다. 언 무는 바람이 들어 맛이 없어져 버리고, 묶이지 않은 배추 잎은 땅바닥으로 누워버린다. 사람도 마찬가지다. 무처럼 바람이 들면 맹한 사람이 되고, 자신을 다스리지 않으면 묶지 않은 배추 속처럼 허하게 된다. 산중에서 살다 보면 채소가 단순히 먹거리로만 보이지 않는다. 자신을 되돌아보게 하는 이웃이기도 한 것이다.

산중에 혼자 있는 것이 때로는 충만한 느낌을 준다. 무엇에도 휘둘리지 않고 자기 자신으로 돌아와 산중의 가족과 함께 있기 때문이다. 겨울을 날 채비도 산중 가족들과 더불어 한다. 어제는 연못가에 선 동백나무 둥치에 짚을 씌워 주었다. 추위에 유난히 약한 파초는 둥치를 베어 낸 뒤 마른풀을 한 아름 덮고 비닐로 덮어 주었다.

돌확에 얼음이 얼고 나서부터 무당벌레가 방으로 들어온다. 책상에도 한 마리가 심심한지 내 앞에서 기어 다니고, 햇볕이 드는 남쪽 창가에도 몇 마리가 겨울을 날 준비를 하고 있다. 작년 겨울에 이 방에서 함께 겨울을 보낸 탓인지 반가움이 앞선다. 아직 노린재는 보이지 않는다. 무당벌레와 노린재는 수난을 겪기도 했었다. 처소에 온 손님들은 작은 곤충들을 발견하고는 질색을 한다. 그때마다 무당벌레나 노린재의 터전이었던 이곳에 내가 집을 지으면서 녀석들의 터전을 빼앗아 버린 것이기 때문에 녀석들이 이 방에 들어온다고 해도 이상하게 여길 것은 없다고 얘기해주곤 한다. 그제서야 손님들은 너그러워지곤 한다.

한 달에 두어 번 산중 처소로 내려오는 아내도 어느새 나의 주장에 동조해 주었다. 하루는 청소를 하다 말고 진공청소기를 뜯고 있었다. 진공청소기 속으로 무당벌레 한 마리가 빨려 들어가 버린 것이었다. 나는 모른 체했다. '무슨 일병 구하기' 라는 영화 제목처럼 무당벌레를 살려내려고 하는 아내가 그 어느 때보다 사랑스러웠다. 무당벌레를 구출하려고 애쓰는 아내의 모습을 떠올릴 때마다 나그네는 미소를 짓는다. 수행자 틧낙한은 말했다. 인간은 누구나 미소를 짓는 순간 붓다가 된다고. 그러나 나는 그 말을 이렇게 고치고 싶다. '미소를 짓게 하는 그대가 바로 붓다' 라고.

발자국

눈이 내리고 있다. 빗자루를 들고 집 앞 돌계단을 털어 보지만 눈의 기세에 눌려 그만두고 만다. 한두 송이씩 날릴 때는 배꽃이 낙화하는 듯했지만 수만 수억 송이가 허공을 가득 메워 버리자 산천이 망사로 가린 것처럼 신비스럽다.

빗자루를 제자리에 놓아두고 보현이와 산길을 걸어간다. 내가 사는 산골 집 밑으로는 절이 있고, 위로는 지금은 한겨울이어서 비어 버린 농막 두 채가 있다. 설경 속의 절은 이승을 탈속해 버린 극락처럼 보인다. 그곳에 귀의하고 싶은 생각이 절로 들게 하는 편안함이 있다. 극락極樂을 한자대로 풀자면 '지극히 편안한 곳'이니까.

절에 가 스님과 녹차를 한 잔 할까 말까 망설였으나 오늘은 발길을 돌리고 만다. 설경 속어 신기르처럼 나타난 극락을 혼자 보았으니 그것으로 족하다. 저 청정한 극락으로 가는 길에 내 발자국을 찍어 누가 되고 싶지 않아서다. 선업을 쌓은 것도 없는 나에게는 무임승차라는 자책도 들고.

차라리 절로 가는 반대 방향인 농막이 있는 산길을 걸어가 본다. 이 산길도 짐승 발자국이 먼저 나 있지 않았더라면 산책을 포기하고 말았으리라. 아무 자국 없는 눈길에 상처 같은 발자국을 누군들 남기고 싶겠는가. 다행히 산짐승이 밤에 내려왔던 듯 발자국이 한 줄로 고독하게 나 있다.

그런데 일찍이 경봉 선사는 짐승의 발자국도 자신의 일상이 부끄러워 밟을 수 없다고 고백한 적이 있다.

'새벽에 이곳에도 눈이 내렸습니다. 눈이 내린 길을 더듬어 걷다가 짐승의 발자국을 발견하였습니다. 토끼 발자국 같았습니다. 눈이 내린 첫길을 아마 그 짐승이 지나갔나 봅니다만 그 발자국이 너무 곱고 아름다워 그 발자국을 따라갔습니다. 어느 틈에 눈이 다시 내렸는지 발자국은 사라졌지만 나도 모르게 따라간 길을 뒤돌아보았습니다. 내 발자국도 선명하게 찍혀 있더군요. 그러나 토끼의 발자국처럼 아름답지 못했던 것은 무슨 까닭일까요. 어찌 내 발자국을 그 작고 아름다운 미물에 비교할 수 있겠습니까. 삶은 그렇듯 살아온 길에 대한 흔적입니다.'

나는 산길을 오르다 말고 멈추어 선다. 어느새 눈이 어깨와

모자챙에 쌓여 있다. 보현이는 눈 속에 얼굴을 묻고 입맞춤하느라 야단이다. 세상을 공평하게 한 가지 색으로 변하게 한 설경이 좋은지 꼬리가 빠질 듯 흔들어댄다.

눈에 덮인 두 채의 농막이 더 춥고 적막하게 보인다. 그런데 아래 채 농막 마당에 산새 발자국이 증종종 나 있는 것을 보니 산새들의 피난처가 된 것도 같다. 이 산골에 흔한 까치나 어치 발자국인데, 눈이 내리자 먹이를 찾아 빈 농막까지 날아왔을 것이다. 이 세상에서 가장 작은 발자국이다. 선사의 편지글처럼 사람을 감히 그 작고 아름다운 미물에 비교할 수 없을 정도로 맑은 발자국이다. 새삼, 삶이란 살아온 길에 대한 흔적이라는 경봉 선사의 말씀이 가슴을 친다.

그러고 보니 작년에 산새 먹이로 장에서 사다가 창고에 둔 들깨 씨 한 되가 생각난다. 오후에는 눈 속에 드러난 바위에 새들의 먹이를 놓아두어야겠다. 녀석들이 남긴 발자국을 감상한 입장료인 셈이다. 세상에 공짜는 없는 법기니까. 산길을 내려오는 길에 뒤돌아보니 펑펑 내리는 눈으로 내 부끄러운 발자국이 어느새 지워져 가고 있다. 다행이다. 흰 눈은 내 삶을 나무라기도 하지만 힘을 주기도 한다. 머리를 맑게 헹구어 주는 눈 덮인 산길이다.

낙숫물 소리를 들으며

눈이 그치고 난 후에도 나는 처소를 돌면서 지붕을 살핀다. 운동도 할 겸 지붕에 얹힌 눈이 녹는 과정을 보기 위해서다. 햇볕을 받는 양에 따라서 눈 녹는 순서가 다른데, 방향으로 얘기하자면 남쪽 지붕이 가장 먼저 녹고, 그 다음은 서쪽, 동쪽, 북쪽 순이다. 아침에 뜨는 햇볕을 맨 먼저 쬐는 동쪽이 남쪽 다음으로 빨리 녹을 듯싶은데 사실은 그렇지 않다. 이래서 사람들은 남향집을 예로부터 선호하는 모양이다. 그러나 무조건 남향집을 최고라고 주장하는 것은 고정관념일 뿐이다. 집이 들어앉을 때는 주변의 유무정물有無情物과의 조화를 생각하는 배려가 있어야 한다.

내가 살고 있는 산중 처소는 북향집이다. 집터가 산자락과 개울 사이에 있다 보니 자연스럽게 그리 앉혀지게 됐다. 물론 아래 절을 내려다볼 수 있게 자리 잡았다면 서향집이 되었을 터이다. 그러나 나는 천년 고찰인 아래 절을 정면으로 내려다보는 것을 삼갔다. 집도 염치가 있어야 한다고 생각했고, 묵은 고찰에 대한 예의가 아닌 것 같아서 산자락 끝에 북향으로 앉혔다. 물론 일조량만 고려하면 남향으로 잡을 수도 있었겠지만 산자락과 감히 마주한다는 것도 거북한 일이었다. 집의 앉음새가 자연스럽지 못하면 마음도 편안하지 않을 것 같았다.

손님들은 북향인 내 처소를 보고 의아해 하지만 나는 주변을 존중해서 그리 지었다고 말한다. 조화란 서로 어울린다는 것이고 더불어 사는 상생의 인수가 아닌가. 안목이 깊은 법정 스님이 불일암을 가던 길에 들러 유권해석을 내려 주셨다. 아래 절을 내려다보게 앉혔다면 경비초소가 되었을 거라고 농담을 섞어 격려해 주신 것이다. 또 풍수를 하는 어떤 사람이 나름대로 진지하게 설명을 하고 갔다. 뒷산 자락이 목을 내민 거북이 형상인지라 내 처소는 물을 마시려는 거북이 앞에 자리 잡고 있다는 것이었다. 그게 사실이라면 내 처소는 목마른 거북이를 개울물로 안내하는 공덕을 짓고 있는 셈이다.

어쩌다 손님들이 놓고 간 신문을 보면 고층 빌딩의 건축허가를 놓고 건설업체와 주민들이 갈등하는 기사가 눈에 띈다. 몇 십 층의 고층 아파트나 주상복합건물이 들어섬으로 해서 일조

권을 침해받게 될 주민들의 분노와 원성이 큰 것이다. 거기에는 인간과 환경에 대한 배려고 뭐고 이권의 논리만 최우선인 것 같다. 허가를 내준 행정당국의 담당자는 법적으로 전혀 하자가 없다며 변명만 늘어놓는다. 책임지지 않으려고 서류만 보고 도장 찍는 공무원의 말은 놀랍게도 어제나 오늘이나 다를 바가 없다.

며칠 전에는 급한 볼일이 생겨 서울에 다녀온 일이 있다. 한나절의 시간이 나서 예전에 자주 찾아가 위안 받곤 했던 관악산을 S대 정문 쪽으로 올랐다. 그런데 관악산 자락은 불과 몇 년 만에 여기저기 망가진 채 숲이 사라지고 있었다. 산자락에 S대학의 신축 건물들이 자연을 무시하고 깔보듯 들어서고 있었다. 이른바 학문의 전당이 자연을 훼손하는 데 앞장서고 있으니 학문이라는 것이 도대체 무슨 목적으로 존재하는지 생각하지 않을 수 없었다.

자신의 둘레를 배려하지 않는 염치없는 세상이 되어가고 있어 씁쓸하기만 하다. 자연이 병들면 인간도 병들게 된다. 이 세상에는 어떤 것도 서로 얽혀 있지 않은 것은 없다. 산중에 산다고는 하지만 나도 어쩔 수 없이 동시대를 살아가는 사람이기에 더불어 답답해진 모양이다. 옳으니 그르니 시비의 경계를 넘나들고 있었으니 말이다.

이럴 때마다 나는 내 산중 처소의 이름을 떠올리며 마음을 가라앉힌다. 이불재耳佛齋, 솔바람으로 시비에 집착하는 귀를 씻어 불佛을 이루겠다는 소망을 담은 이름이다. 무슨 소리를 들어도 거슬리지 않는 경지를 공자는 이순耳順이라 했다. 그러고 보니 내 이상이기도 한 '이불' 은 '이순' 과 동의어처럼 느껴지기도 한다.

지금도 추녀 끝에서는 낙숫물이 떨어지고 있다. 쌓인 눈이 가장 늦게 녹고 있는 북쪽 지붕에서 떨어지는 낙숫물 소리이다. 낙숫물 소리도 산중에 사는 외로운 사람에게는 멀리서 찾아온 벗처럼 반갑다. 눈이 그친 지 사흘이 지났건만 낙숫물 소리는 끊이지 않고 있다. 가만히 귀를 기울이고 있으면 낙숫물은 메마른 가슴을 촉촉하게 적셔 준다. 나는 눈이 늦게 녹는 북향집의 덕을 톡톡히 보고 있다.

목탑에 어린 산사의 추억

달을 한입 한입 베어 먹는 목탑을 훔쳐본 적이 있다. 흰 벚꽃이 난분분 난분분 흩날리는 날에 탑을 본 기억도 있고, 야심한 밤에 빗물 젖은 돌탑을 손전등 불빛으로 만난 적도 있다. 아름다움이 사무쳐도 눈물이 나오는 법이다. 바람처럼 구름처럼 떠돌던 대학 시절 달이 휘영청 밝은 밤에 절 마루에 서서 탑을 보고 눈물 흘리는 수행자를 지켜본 추억이 있다. 그날 밤의 탑은 너무 처연하여 가슴이 미어질 것 같았다.

현재 나는 그 목탑을 내려다보며 살고 있다. 규모는 3층인데 사방 한 칸이다. 우리 나라에서 가장 작은 골방 같은 대웅전이 됐지만 옛날에는 대웅전 앞에 선 탑이었을 것이다. 내가 좋아하는 후배 윤제림 시인은 저 목탑을 첫사랑이라고 노래한 적이 있다. 그렇다. 나에게도 짝사랑이자 첫사랑이다. 나는 이불재에서 하루에도 몇 번씩이나 바라보는지 모른다. 볼 때마다 눈에 넣고 하는데도 조금도 물리지 않는다.

탑은 붓다가 열반한 뒤 진신사리를 모셔 놓고 참배하던 조형물이었다. 그러던 전통이 훗날에는 고승의 사리를 안치한 곳으로 바뀌었던 것이다. 그 모양도 인도에서 처음에는 그릇을 거꾸로 엎어놓은 듯한 형상이었다가 우리가 흔히 보는 누각 형식으로 바뀐 것은 중국에서였다. 내가 순례하면서 확인한 바에 의하면 아직도 인도나 네팔, 스리랑카에서는 엉덩이처럼 생긴 반구형을, 우리 나라나 중국과 일본은 홀수 층으로 이루어진 누각 형식의 탑을 조성하여 왔는데, 서로 같은 점은 선남선녀들이 자신의 소원을 빌면서 시계 방향으로 탑돌이를 한다는 점이다.

어느새 석양이 붉은 놀을 떨어뜨리며 목탑 너머로 지고 있다. 그런데 붉은 놀이 지나간 시간 저편에서 떠도는 풍경 하나를 잡아당긴다. 대학 2학년 겨울 방학 때이던가. 다홍 저고리를 입고 함께 목탑 앞에서 사진을 찍었던 공양주보살이 생각난다. 여자로서 무르익은 나이의 공양주보살은 남편의 업을 씻고자 절 공양간에 들어와 살고 있었다. 어느 날 사연을 묻자, 보살은 스스럼없이 얘기했다.

"남편이 개 잡는 백정이라우. 남편 죄업 씻어 주고 사는 게 내 팔자랑게요."

절밥은 돌아서면 꺼진다고 끼니때마다 스님 눈치 보면서도 막사발 그릇에 듬뿍 더 주던 공양주보살이었다. 내 나이도 초로에 접어들었으니 지금쯤 그때의 공양주보살은 이 빠진 노파가 되어 있을 것이다. 어쩌면 그 남편도 개과천선하여 선한 노인이 되어 있을 테고. 문득 다홍 저고리를 즐겨 입었던 그 공양주보살이 탑보다 아름답게 느껴진다. 백정 남편을 위해 절에 들어와 기도하며 고생을 자청한 공양주보살의 자비야말로 붓다의 마음이기 때문이다. 당신은 지금 누구를 위해 기도하고 있는가.

따분하긴요, 나무랑 새가 친군데…

내 처소를 찾는 손님들은 나더러 무슨 낙으로 산중에서 혼자 사느냐고 묻는다. 그러나 나는 손님들에게 내 식대로 하루를 조출하게 보내는 오롯한 충만을 얘기해 줄 길이 없다. 사람이 입을 다물면 자연이 입을 연다는 금언이 있다. 그렇다. 나는 사람이 드문 산중에 살고 있기 때문에 내 주변의 산중 가족들과 더욱 가까워졌다고 믿는다. 솔향기 그윽한 오솔길로 나서면 낯익은 팽나무나 느티나무, 감나무, 그리고 친근해진 물까치, 어치, 딱새, 박새가 나를 반긴다. 그 중에는 날마다 나와 눈인사를 나누는 텃새도 있고, 계절에 따라 들고 나는 철새도 있다. 내가 반갑게 만나는 철새는 저잣거리에서 지조 없는 정치인을 손가락질할 때 말하는 그런 새와는 전혀 다르다. 내 처소 앞의 연못에 가

끔 들러서 피라미를 낚아채던 철새 노랑할미새만 보아도 서식
하는 자리와 오가는 때가 분명했다.

농사철에는 일손이 미숙하여 산중 생활의 여백은 그만큼 줄
었다. 감자 눈을 따 이랑에 묻고 난 후 날이 가물어 물을 뿌리던
일, 다람쥐가 땅콩을 파먹어 다시 늦게 파종했던 일, 더덕 줄기
가 잘 뻗어 나가게 대나무 버팀대를 세우던 일, 멧돼지가 오기
전에 고구마를 서둘러 캐던 일 등등 초보 농사꾼은 요령 없이 노
심초사했던 것이다.

지금 아랫방에는 밭에서 거둔 콩으로 쑨 메주가 여러 덩이 있
다. 메주가 뜰 때는 냄새가 요란하더니 이제는 아무렇지 않다.
식탁에 일 년 내내 오르게 될 된장국을 생각하니 흐뭇해진다.
콩을 털고 난 콩깍지나 콩 줄기는 땔감으로 그만이다. 아침저녁
으로 새끼를 일곱 마리나 낳은 어미 개 보현이의 밥을 끓여 주는
데, 콩 줄기는 화력이 어지간하여 한 아름만 때도 개밥이 곧 데
워진다. 보현이 덕분에 산후조리용 특식을 나눠 먹게 된 문수는
몸무게가 부쩍 늘었고 하얀 털이 햇볕에 반짝거린다. 그래도 문
수는 의리가 있어 보인다. 밤낮으로 보초를 더 잘 서는 것 같고,
콩밭으로 달려가서 거름이 되라고 똥을 싸주고 돌아오곤 한다.
공짜를 좋아하는 인간과는 다르다.

한겨울인 요즘에는 산행을 자주 한다. 방금 전에도 산행을 나
갔다가 아래 절에서 일하는 처사를 만났다. 그는 괭이를 어깨에

메고 한 손에는 죽은 물까치를 한 마리 들고 있었다. 죽은 물까치를 감나무 밑에서 발견했단다. 가지에 매달린 감들을 먹고 싶어 한 물까치가 직박구리 떼에게 공격을 받은 듯싶었다. 물까치는 자신의 큰 덩치만 믿고 방심했다가 죽기 아니면 살기로 버틴 작은 직박구리들에게 당한 것 같다.

선가에 사중득활死中得活이란 말이 있다. 해인사 방장스님이 정진하는 퇴설당 방에서 마주친 구절이다. 무슨 일에 임하든 목숨을 내어놓은 것처럼 발심의 의지가 투철하고 절실해야 한다는 말이 아닐 수 없다.

산은 한겨울에도 꽃을 보여준다. 미나리아재비과에 속하는 복수초가 그것이다. 이 지방에서는 눈 속에 핀다고 하여 설연화라고도 하고 얼음새꽃이라고도 부른다. 아래 절 양달에서 동백꽃이 만개하는 한겨울부터 한두 송이씩 피어나는 노란 국화처럼 생긴 꽃이다. 나는 처음에 꽃이라고 믿을 수 없었다. 한겨울의 산중에서 동백꽃 아니면 차꽃 말고는 본 적이 없었으니까. 등산객이 노란 조화를 떨어뜨리그 갔거니 하고 생각했다. 그러나 얼음새꽃은 따뜻한 숨을 내쉬는지 꽃 부근만 흰 눈이 녹아 있었다. 맨 처음에 얼음새꽃을 발견한 사람은 아래 절 공양주보살이었다. 보살이 산나물을 캐러 갔다가 발견하여 나에게 꽃의 위치를 일러 주었던 것이다. 이후 나는 누구에게도 꽃의 위치를 발설하지 않고 혼자 찾아가 보고 돌아오곤 했다. 소문이 난다면 소유욕에 취한 인간들 손에 얼음새꽃들은 머잖아 자취를 감추고 말 테니까.

산길을 내려와 처소로 들어오는 골짜기 개울가에는 대숲이 있다. 개울물은 영산강의 여러 시원 가운데 하나이고, 내 산중 처소 옆을 지나 흘러간다. 대숲 속에는 차나무가 자생하는데 아직까지도 찻잎을 따다가 덖어 보지는 못했다. 대숲 속에서 자란 차나무의 잎을 따 덖은 차를 죽로차竹露茶라 부르고 차 중에서 최상품으로 친다고 한다. 그러나 나는 내 혀를 즐겁게 하고자 대숲 속에서 자생하는 찻잎을 딸 생각은 없다. 그럴 시간이 있다면 흐르고 흘러 마침내 영산강이 되고야 마는 이 골짜기의 맑은 물이나 한 모금 마시며 책 읽고 농사나 익힐 따름이다.

난로처럼 훈훈한 산중 겨울

아침부터 거센 바람을 타고 눈이 난분분 난분분 내리고 있다. 이런 날 나는 공연히 머리를 감고 외출복으로 갈아입는 버릇이 있다. 그러면 오늘은 무엇 무엇을 하겠다고 스스로에게 한 약속이 새롭게 다가온다. 골짜기로 나가 눈보라에 몸을 맡겨 산책해보기도 한다. 골짜기를 훑는 눈보라가 마음에 쌓인 부스러기들을 남김없이 쓸어 가니까.

이런 생각이 들 때도 있다. 눈보라 치는 산중이니 해진 작업복을 입고 흐트러진 모습을 하고 있어 본들 어떠리. 눈보라 치는 산중에 찾아올 이 아무도 없으니까. 그래도 나는 긴장하는 것이 좋아 단정한 차림으로 하루를 보낸다. 의복을 단정하게 하고 있으면 졸음이 와도 쉽게 누워지지 않는다. 방 안이지만 방밖에 있는 것 같다. 언젠가 어느 암자에서 본 수행자의 모습이 생각난다. 그 수행자는 암자 마당을 반팔 셔츠 차림으로 돌아다니고 있었다. 수행자가 승복을 벗고 있으니 낯설었다. 솔직히 말하자면 올곧게 정진하는 수행자로 보이지 않았다. 옆에 있던 친구가 내 표정을 보고는 한마디했다.

"예비군복을 입으면 교수도, 은행원도 예비군이 되어 버리거든."

예비군복만 입으면 교수나 은행원도 평소에 하지 않던 언행을 하니 친구의 말은 옳았다. 음담을 거리낌 없이 나누고는 낄낄거리거나 노상 방뇨도 서슴지 않게 되는 것이다. 때로는 형식이 내용을 간섭하기도 하는 모양이다. 누구라도 하루 종일 잠옷을 입고 있다고 가정해 보라. 그 사람은 누울 자리밖에 생각하지 않을 터이다.

내가 눈보라의 고립 속에서 외출복을 입는 것은 그러한 풀어짐과 나태로부터 자신을 지키고자 하는 일종의 방어이다. 방안에서 머리를 매만지고 단정하게 하고 있으면 금세 효과가 나타난다. 알게 모르게 긴장이 되고, 지금 자신이 무엇을 하고 있는지 저절로 점검하고 탐색하게 된다.

오후가 되어 그런 기분 좋은 긴장 속에서 글을 쓰고 있는데 눈을 툭툭 터는 소리가 들린다. 느타리버섯을 재배하는 농부와 돼지를 많이 기르는 농부와 그의 아내가 와 있다. 아래 절에 왔다가 산중 처소까지 올라왔다고 한다. 차를 한잔 마시며 이런저런 얘기를 나누다가 곧 내려갔는데 농부의 아내가 큰 봉투를 하나 놓고 간다. 열어 보니 고춧가루와 깨와 말린 토란 줄기이다. 또 다른 농부는 버섯을 가지고 오려 했으나 아직은 덜 자라서 빈손으로 왔다고 겸연쩍어 한다.

아직도 눈보라가 준마처럼 골짜기를 가로지르고 있다. 이런 상태라면 밤 사이에 산길이 끊어질 것이다. 그러나 고립이란 말은 나에게 해당되지 않는 것 같다. 폭설은 산길을 끊어 놓겠지만 따뜻한 마음의 통로가 이 산중 처소까지 닿아 있기에. 눈보라 치는 날에도 산중 처소는 조개탄 난로처럼 훈훈하기만 하다.

문수 집을 짓다

내가 사는 산중 처소에는 아침저녁으로 끼니를 함께 하는 가족이 있다. 순한 개 보현이와 문수가 바로 그 주인공이다. 보현이는 누나이고 문수는 동생이다. 둘은 사이가 너무 좋아 한 배에서 나온 친형제 같다. 보현이는 동생 문수를 지극하게 배려하는 누나다.

사람들이 왜 개를 빗대어 욕하는지 모르겠다. 개와 함께 생활해 보시면 그게 아니라는 것을 곧 깨닫게 된다. 정말이지 앞으로는 화풀이로 개를 끌어들이지 말았으면 좋겠다.

밥을 주면 보현이는 언제나 문수에게 먼저 먹으라고 양보한다. 우리들이 알기로는 개만큼 식탐이 강한 동물이 없다고 하지만 그게 아닌 듯하다. 먼저 동생인 문수의 배를 불리고 나면 그제야 보현이는 밥그릇으로 다가가 고개를 디밀곤 했다. 이처럼 둘의 사이가 좋아 나는 집을 한 채만 지어 주었다. 한밤중이면 집 앞에서 보현이가 문수를 꼭 껴안고 있을 때도 있고, 어떤 때는 함께 집으로 들어가 잠을 자기도 했다. 부모가 다르지만 남매처럼 다정했다.

둘의 행동이나 성격은 판이하게 다르다. 보현이가 속이 깊고 정이 많다면 문수는 욕심이 많고 촐랑댄다. 눈도 보현이는 일자에 가깝고, 문수는 눈꼬리가 코 쪽으로 쏠려 사나운 느낌이다. 서로 공통점이 있다면 사람을 따르고 순하다는 점이다.

그런데 최근에 둘 사이에 변화가 생기기 시작했다. 보현이가 아래 절의 장군이와 몇 번 맞선을 보고 난 후였다. 서로 마음이 맞아 합궁까지 한 모양이다. 보현이는 자신의 배가 부르기 시작하면서 문수를 멀리했다. 문수는 보현이가 으르렁거리자 집으로 들어가지 못하고 잔디 위에서 노숙하곤 했다. 갑자기 문수가 싫어진 게 아니라 머잖아 낳게 될 새끼들을 보호하기 위해 그런 것 같았다. 기온이 영하로 뚝 떨어지고 밤새 된서리를 맞은 문수는 더욱 기가 죽었다. 병든 것처럼 힘없이 꼬리를 내리고 다녔다. 물론 끼니를 주어도 밥맛을 잃은 문수는 잘 먹지 않았다. 문득 문수에게 미안했다. 문수가 집 없는 서민처럼 삶의 의욕을 잃고 있는 것처럼 보였기 때문이다.

집이란 단순히 주거 공간만이 아닌 듯하다. 문수는 보현이에게 받던 사랑을 되찾고 싶어 하는 눈치이다. 예전처럼 함께 자고 싶어 한다. 문수를 보고 깨달았다. 집이란 하숙집처럼 잠만 자는 곳이 아니라 삶의 비바람과 된서리를 막아 주는 사랑과 정이 가득한 공간이란 사실을. 이런 생각을 하면서 당장 창고로 가서 망치와 못을 들고 나왔다. 마침 차실을 지으면서 남은 기둥감도 있고, 벽에 두를 긴 양철이 두 장이나 있어 재료는 걱정하지 않아도 되었다.

오전 내내 땀을 흘리고 나니 개집이 한 채 완성되었다. 양철이 차갑게 보여 노란 페인트를 사와서 칠하니 비로소 따듯하게 보인다. 바닥에는 보온이 뛰어난 짚을 듬뿍 깔아 주었다. 보현이가 새끼를 낳을 동안은 내가 대신 문수를 더 사랑으로 돌볼 참이다. 다행히 문수는 내가 만든 집에 금세 정을 붙이고 들어가 낮잠을 자곤 한다.

세상의 모든 아버지는 부처이다

새벽 범종소리에 잠자리에서 일어난다. 마당으로 나가 보니 아직은 캄캄한 밤이다. 절을 향해 합장한 뒤 어린 시절부터 사귄 북두칠성과 눈을 한 번 맞추고, 그 오른편에서 빛나는 샛별을 찾는다. 부처에게 깨달음의 매듭을 풀어 준 금성인데 청년이 되어 좋아하게 된 별 친구다. 샛별은 한 시간쯤 지나야 동녘 하늘 위에서 더욱 또렷하게 홀로 빛날 것이다. 어둠 속에서 돌확에 든 물을 손가락 끝으로 찍어 보니 얼지 않았다. 오늘은 겨울 날씨 치고 따뜻할 것 같은 예감이 든다. 새벽마다 별을 보는 것은 나의 첫 의식이 되어 버렸다. 북두칠성과 샛별을 보고 있으면 세수를 한 것만큼이나 마음이 개운해진다. 눈이 차갑게 씻겨 영혼까지 맑아지는 것인지도 모르겠다.

이불재로 이사하면서 스스로 약속한 것 중 하나는 절의 새벽 예불에 꼭 참여하리라는 결심이었다. 그러나 그 약속은 산중 생활을 하면서 무효가 되고 말았는데 그 사연은 이러하다. 아버지는 올해 일흔여섯으로 심장이 나빠 하루에 약을 세 번 드시고, 오십 세 이후부터는 육식을 해본 적이 없는 분이다. 나는 옷을 갈아입는 아버지의 몸을 자주 보곤 한다. 살은 육탈하여 거죽뿐이다. 낡은 수레 같기도 하고 뼈만 앙상한 부처의 고행상苦行像을 보는 느낌이다. 그래도 아버지는 절대로 방에 드러눕는 일이 없다. 낮 동안에는 조금도 쉬지 않고 움직인다. 묵은 밭을 일궈 무씨와 배추씨를 뿌려 놓고 정성을 다해 가꾸신다. 아침마다 무가 굵어지고 겨울배추 잎이 파래지는 것을 보고는 즐거워하신다. 내가 보기에는 그런 기쁨이나 찾을 뿐 아무 욕심이 없는 분이다. 거기에다 귀가 어두워 소리치지 않으면 듣지 못하지만 세상의 소리를 멀리하니 시비에 휘말리는 경우도 없다.

문득 나는 아버지가 아니라 부처를 모시고 산다는 깨달음이 왔다. 그러니 절만 법당이 아니라 내가 사는 이불재가 바로 법당이라는 생각도 들었다. 이후 나는 다시 부처를 밖에서 찾는 따위의 부질없는 약속은 하지 않게 되었다. 아버지가 부처이고 머무는 집이 법당이기 때문이었다.

그러나 어찌 아버지만이 부처이고 이불재만이 법당이라고 할 수 있을까. 너나없이 우리는 가까이 부처를 모시고 있으며 날마다 하루의 휴식을 주는 극락 법당에서 살고 있는 것이다.

사랑하는 아내와 자식까지도 모두가 부처라는 자각이 든다. 아버지는 여래이고 어머니는 관음보살, 아내는 보현보살, 아들은 문수동자, 딸은 미륵의 다른 모습인 것이다.

아버지는 어제 매화나무 묘목을 뒷산에 다섯 그루, 앞마당에 두 그루, 뒷밭에 열세 그루를 심으셨다. 여름에 손수 풀을 모아 삭힌 거름도 매화나무 묘목 구덩이에 넣었다. 하얀 매화 꽃망울이 다투어 벙그는 날 사람들은 누구라도 미소 지을 것이 틀림없다. 그것이 아버지의 깊은 뜻일 터이지만 나는 묻지 않았다. 귀 어두운 아버지의 말씀이 이제야 나에게도 이심전심으로 다가오는 모양이다.

삶이 힘겨운 분들께

이불재에서 가까운 운주사 일주문 앞에 와 있다. 일주문 안팎으로 낙엽이 뒹굴고 있다. 낙엽을 보니 저잣거리에서 힘겨워하는 분들이 문득 생각나 이렇게 편지를 쓴다.

절에 들어서거나 나올 때면 꼭 일주문에서 머뭇거리는 버릇이 있다. 지금 가만히 그런 버릇을 헤아려 보니 그럴 만도 하다. 이 문을 경계로 안식의 절 마당과 끓는 번뇌〔熱惱〕의 세상으로 나뉜다. 절에 들어설 때 멈칫거림은 지친 몸과 영혼을 쉬고자 하는 바람에서 그럴 것이고, 절을 나설 때 머뭇거림은 아마도 저잣거리에서 긁히는 생채기를 미리 걱정해서일 것이다.

일주문에서 세상으로 뻗은 길들은 망설임을 용납하지 않는 듯하다. 길은 움직이는 것들이 떠나기 위해 존재하는 공간이지 머무는 곳이 아니기 때문이다. 그렇다면 운주사를 찾아왔거나 찾게 될 이들은 비밀을 지켜 주시는 돌부처님 옆에서 스스로 무슨 약속이라도 하고, 옹달샘 물 마시고 힘을 얻어 저잣거리로 나설 일이다. 저잣거리로 나간 이들을 위해 돌부처님이 말없이 위로해 주고 응원해 주실 테니까.

몇 해 전에 들른 김룡사 일주문 기둥에 달아놓은 주련의 글귀가 생각난다.

이 문에 들어서 분별하는 마음을 버리리라.
분별 없는 빈 그릇이라야 큰 해탈을 이루리.
入此門來莫存知解
無解空器大道成滿

삶이 힘든 분들에게 꼭 들려주고 싶은 구절이다. 이 주련의 글보다 더 큰 위로는 없을 듯싶다. 아무리 큰 고통으로 힘겨웠다 하더라도 일주문에 들어서는 순간 마음을 텅 비우고 혹성을 탈출하듯 저잣거리의 일을 잊어버리시길 바란다. 그렇게 시간을 보내다 보면 욕심 없던 자기 자신의 참모습이 보이게 되고 마음이 평온해지는 안식을 얻을 수 있을 테니까.

절은 상처를 아물게 하고 그 자리에 생살을 돋게 하는 곳이기도 하다. 그러나 절을 산 좋고 물 좋은 휴양지처럼 여겨서는 곤

란하다. 보조 국사는 '땅에서 쓰러진 자는 스스로 땅을 짚고 일어나라'고 했다. 부처님이나 스님은 무거운 짐을 잠시 들어올려 줄 뿐이지 결코 짐을 대신 져주는 분은 아니다. 인생이란 무게의 짐을 지고 가야 할 사람은 자기 자신일 따름이다.

일주문은 두 개의 기둥으로 되어 있는 문이다. 나의 삶에도 작은 일주문이 있다. 하나는 종교라는 기둥이고, 또 하나는 문학이라는 기둥이다. 이 두 개의 기둥을 지나야만 나의 삶이 나타난다.

그렇다. 누구나 삶에는 자신의 꿈을 받쳐 주는 일주문이 하나씩 있게 마련이다. 혹은 미처 설계하지 못한 이도 있을 것이다. 당신은 어떤 일주문을 세워 두고 있는지 한번 되돌아볼 일이다.